家族

KAZOKU

Asou Yoshitaka

麻生義剛

梓書院

家族　*目次

家族

どうも住みにくい世の中だ、窮屈な家庭《いえ》の内だ、と、人はそれぞれに何かの不平を云わなければ生きて行けないらしい。僕の一家がそのはなはだしい例である。両親、長男の僕、次男、三男、四男、と合わせて一家六人だが、近頃では、この六つの口からそれぞれの音色を持った愚痴とも、意見とも、何ともつかない忿懣《ふんまん》を訴える声が吐き出され、ぶつかり合っている。なかでも母親の声は、女だけにいっそうものものしく、云うことをきかない子供らに対して、仕事に追い廻されながら台所の隅ではりあげるヒステリックな叫びは、悲愴さながらで、聞いているこちらの方がずっとやりきれないほどだ。

またそのような奇声をはりあげて悟《さと》している母親に、僕らは一向に取り合わない。そうして我々が云うことをきかなければ、いっそうの度を加えて高まり、ついには癇癪玉《かんしゃくだま》となって破裂しそうになるまで、我々は容易に腰を上げないのである。我々が、やおら腰を上げる頃には、既に母の癇癪玉は爆発し、その辺にあった皿や瓶は我々にめがけて投げつけられている。そして母は泣き出してしまう始末。小学校三年生になる弟までが、こんな母のひとり相撲にすっかり馴れてしまって、むしろ、母をからかって喜ぶ風にさえなった。

親父は親父で、折さえあれば馬鹿野郎を連発し、いよいよイライラしてくると、僕ら肉親《こども》らに向かって、早く死ねばよいとか、誰か買い主が居たら売りとばしてやるなどと、厄介ばらいに大変な罵りを浴びせられることになる。

或る日、勤めから帰って来た親父が、弟らに、小使いをしつこくねだられて煩がっていたとき、親父は丁度そこに居合せた僕を瞥見《べっけん》して、そんなに金が欲しけりゃ此奴を煎《せん》じてみろ、ひょっとしたら金が湧いてくるかもしれん、此奴は大金《おおがね》をくらってるんだ、と云って僕の頭をひょいとこづいて行ったことがある。そのとき、弟らは一様にキョトンとした格好で僕を眺めていた。

「いいから煎じてみたらどうかな」と僕はうつろに呟いていた。

元来僕は東京へ出て、親父に学費を貢いでもらっていたが、にもかかわらず幾年か放浪したあげく、とうとう卒業のめどさえ付かぬまま、くにを目指して、ぶらりと帰って来たわけである。それは仕送りが絶えて生活出来なくなったためであった。勿論その間、絵をやっていたつもりだから、という僕の言い分はあったが、肉親をはじめ、世間の人々は一向にそんなことには取り合ってくれない。それどころか、僕が何年かかっても卒業出来ず、いよいよ学校を放棄したと知った親父は「おまえは親を偽って金を取り立てたが、それは親の血を吸っていたのも同然で、その血を餌にして、よくも幾年も遊びほうけていられたものだ」とまさに喉の奥から血が出る程のゲキエツさで、義憤をきかされた。
一方母親の方でも、これに劣らぬ悲嘆の調子で、僕がくにに帰ってきたときなどは、のっそりと門の傍に姿をあらわした僕の顔を仰ぐなり、野良着姿の骨ばった身を震わせていきなりシャクリあげはじめたのだ。憤りが悲しみに変わったのであろう。僕は面くらってしまい、とっさに、にわか微笑を浮かべたりしたが、結局そのまま、妙にほろにがい感じと、やるかたない気持で立ちつくし、両手に下げた荷物をぶらつかせていた。その後、母は、たまたま思い出したように僕の顔を瞥見しては、あたかも梅雨時の雨のようにジメジメと僕を痛めつけるのである。

その後、こんな状態になってしまって……以来僕は寝てばかり居ると云った方が穏当で、奥の方の暗いところで布団を被っては怠慢にのた打っている。何かすごく自信が欠けてしまったのだ。もう寝ることより他に能がなくなったみたいに、終日ごろごろしている。

附近の田舎教師をやっている親父は、朝早くからボロ自転車を押して勤めに出る。しかもその自転車の響きが、また何とも哀れで、ガラゴロ、ガラゴロと、こわれんばかりの音が門の外へと遠ざかって行くときには、流石に僕も一抹の憐憫《れんびん》を覚えて、奥の間で布団を被ったまま苦笑を禁じ得ないほどだ。母は母で、この親父を送り出すと、自分は三反ばかりの田畑を作っているので、忙しいのであろう、もう朝っぱらから何かと気ぜわしそうである。しかもそのように野良仕事に追い廻され、気ぜわしく立ち回っている母親をまのあたりにしながら、僕はやはり手伝う気力が湧いて来ない。今更謙虚な気持で家族を助ける気持になどは、毛頭なれないのだ。……それは僕の内部で起こったある欠乏状態といったものが原因で、もはやどんな事態にも興味が起こらなくなっているからなのであろう。

僕がいつものように布団を被って寝ていると、野良から昼食の支度に上ったらしい母が、何やら庭の方でわめいている声がする。どうやら庭で遊んでいた鶏をおっぱらっている様子だが、それがまた妙に仰山《ぎょうさん》である。母は近頃、とうとう鶏などに対してさえも本気になって怒りを爆発させるようになった。何か人間を相手にして云う時のような小言を呟きながら、訳の解らない家畜をつかまえて真剣になって張り合っている。それも母特有のヒステリー症には違いないが、四人もの男の子をそれぞれに育てている中《うち》に、そんなことになってしまったのである。僕はこの母親のぞっとするようなヒステリックな叫びを耳にすると、はじめの中はそれが肉親だけに、つい哀しくなってしまっていたが、この頃ではもう悲愴さを越えて、何とも滑稽《こっけい》に思えて仕方がない。ざまア見ろ、と何か自分の中で叫びたくなるほどだ。

こうして一日の終り間近、夕暮れになると勤めを終えた例のボロ自転車の主が、門の方から怒鳴りながら帰ってくる。「あの阿呆はまだ寝ておるのか」といったあんばいだ。よく怒鳴る癖の父親だがこの時ばかりは、職場に於ける疲労こんぱいのあげく、そのウップンをぶちまける為、あのような大音声を発するのであろうと、僕には思われる。

春休みも間近になった頃の或る日、親父は、はやくも門の向こうからスウスウ息をはずませながら帰って来た。見ると、例の自転車の後方に、アオイふさふさしたものが満載されている。瞬間、それが何であるか、ちょっと僕には判り兼ねたが、よく見るとそれは途方もないもので、蜜柑の苗木であった。それにしても全く無縁な代物をかつぎ込んで来たものだ、と僕は今迄想像だにしなかったものだけに驚いた。
元来、親父は高齢で免職になりかけている。常日頃、何時首になるかもわからない、と、その安否のほどをもらしていた親父が、その後の対策に、とうとうそんなものを買い込んで来たのである。そもそも親父の意図といえば荒地《あれち》を開墾し、その苗木を植え付け、幾年か後の成果を待って、首になったときの苦境からまぬがれなければならぬという、時局に備えての悲愴なる対策であったわけだ。

親父は、さっそく翌日からは猛烈な勢いで働き出した。教師が本職なのか、それが本業なのか、どっちだか分からなくなった。それればかりか家族の誰彼かまわず駆りたてて、その労働を手伝わせるという非道ぶりで、すっかり迷惑を蒙《こうむ》ったのが弟らであった。彼らはその時下に当って、耳を引かれるやら尻をぶたれるやらで、さんざんな目にあわされることになった。しかし、こうまでして駆り出された彼らとて、ちょっと親父が油断していると、もうそのすきを狙って抜け目がない。さっそく親父の心魂を無にして、仕事場を離れ何処かへ散らばって行く始末であった。とうとう親父もこれには参ったらしく、結局は賃金を与えて彼らを煽動《せんどう》するより他にはないという、ある意味からは実に怪しからん、またある面からは実に巧妙な手段でもって彼らを釣った。こうして、かせぎに応じ幾らかの対等な金を与えられることになった彼らは、今度は突然心境の変化でも来たしたかのように、寧ろ自発的な態度で働くようになった。裏山の荒地に通ずる坂道を、朝早くから親父を先頭に、大小さまざまの弟たちが鍬をかついで行列して行く様は、見た者でないとちょっとそのユーモアが判らぬほどで、まず先頭にたって、体中をボロ布でまとわれたような親父の、やアッ、やアッとの号令の声に呼応しその背後に列をなして突進する、ダブダブの作業服を着た弟たちと……僕は、ふとある絵本で見たカマキリの行列を連想しながら、呆然となっている。

やがて荒地に着くと、彼の四つの鍬が一斉に活動し始める。中でも親父の鍬の動きは、まさに心魂ゆるがす盛況で、やはり一番身が入っている。たまたまその労働の代償による報酬をのみしか考えていない弟らは、何の為にこのように働かねばならないか、ということは勿論のこと、いわば何にも解らないのである。かように目的に要領を得ない彼らは、ときたま、不用意に腰を降ろして休みたがる。すると親父は、それこそ一大事だと云わぬばかりに喉《け》しかける。賃金を出して遊ばれたんではたまらないという了見だろう。そして彼らが働いていさえすれば、安心はおろか、嬉しくて仕様がないらしく、「そうれ、みろ、もうこんなに開墾した。準備が調えば植え付けるばかりだ。後《あと》六年も経って見ろ、ここに山ほど蜜柑が生《な》り繁るのだ」と寧ろ自分の喜びを子供たちに強要する様に、全く喜々としてたゆまないのである。末の弟が、この親父のよろこぶ様を見て……日頃ニガイ顔ばかり見せられてきたばかりに、何だか自分のことで喜ばれているような錯覚を起こし、そこにある快感を覚えるらしく、有頂天になっては、これ見よがしにエイエイとはしゃぎながら鍬を持つ手を力ませる。すると親父は、仕事がそれだけはかどることにもなるし、この非常時に際しては、子供たちのそんな態度だけでも嬉しいらしく、その調子その調子と歓喜まじりの喝采を送って、この無智な弟を賞賛する。そして、やっぱりおまえが息子の中でいちばん見どころがある。将来はおまえがいちばん偉くなるなどと、勝手な確信をしてしまうのだ。そして相変らず、そうれみろ、あと五〜六年もしたら蜜柑が山程……と口癖のようにいう。ところが或るとき、この弟らが、鍬を打ち振って荒地に挑んでいた父の背後で、「蜜柑が生る頃は、おやじはもうカンオケだ」といったのである。そのときばかりは、あの意気ごみきった親父の顔にも、一瞬、空しい影が走ったようであった。

僕はこれらの光景を、時々布団を抜けては退屈しのぎに観察しに行ったのである。ところで彼らは、かようにぶらぶらしている僕の非協力を咎めないではなかったが、父の方は、どうやらそんな僕を諦めている風だ。そして最初から無視してかかっている。だが腹の底ではこの上もなく軽蔑しているらしく、……あんな奴は兵隊にでも行って、うんと叩きなおさなければ性根がなおらないと息巻いている。これは父のみではなく、近頃では、女だてらに母親までが協調するところとなった。そして最近、若い者が放埒《ほうらつ》過ぎて、所詮以前みたいに徴兵制度があって一度こらしめてもらう機会がないのを本気になって残念がっているほどだ。

親父は大いに癪に障るらしく、そこらをうろついている僕をみとめると、「おまえには蜜柑はやらないぞオ」と、この生るか生らない数年後の愚劣な成果をかさに着て愚弄しようとする。そしていつの間にか弟たちまでが、早くもこの親父の悪い影響を受けて、僕を非難するようになったのだ。仕事を終え、晩飯に帰った彼らは、いやに人を喰ったかいがいしさで、我こそは国家に御奉公を尽しているんだと、かつてのむかし、いかがわしい信念を鼓舞した当時のやり方に似た体裁をつくろって、とくとくとして僕を愚弄しにかかる。そして彼らの食膳にはあたかもその当然の報酬ででもあるかの如く、卵やその他平常余り口にしなかったもの迄があつらえてあり、勿論無いときなどは、この有ってしかるべき筈のものである誂物《あつらえもの》を、無理に要求したりする。働かざる僕などは、土台そのような待遇を受けては意に反するらしく、全くの不遇を受けてしまうのだ。卵や、鮭の切身の舌ざわりを誇って、童顔を生意気そうに綻ばしている弟らを正面に、僕は不平を述べる術を与えられないのである。

もう僕などは兄貴としての資格がなくなったのも同然で、この傾向は、親父がちと働き過ぎて、手や足の関節を痛め、肩が凝ったりするようになり、肝心の主人公が思うように働けなくなったので、他に働手の必要が強く感じられるようになってから、ますます増長されてきたのである。ともあれ春休みに先がけ一週間もぶっ続けに働いた親父は、そのたたりがてき面であったらしく、はやくもからだ全体の関節や筋肉に激痛を覚えるようになり、ちょっとでも体を動かす度ごとに、ひエーッ、ひエーッ、と奇声を発するようになった。夜はその患部に膏薬を張りめぐらしたり、嫌がるこどもに按摩を強要するやら、その治療に大わらわであった。母は父にせがまれ、患部に膏薬を張り替える役目を託されたが、一枚張り替える度ごとに、何かと小言をもらした。つまり母は、この父の野心的な計画に、いささか不賛成であったわけだ。彼女の了見としては、荒地には全精力を尽くすくせに、田畑の仕事は一向に顧みられず、何時迄も独力でやらなければならないというところに彼女としての不満があったわけである。母はそんな不満を根に持っているだけに、かように父の方へ欠陥が生じてくると、この機とばかりに忿懣をぶちまけるのだ。そしてその不平は、しっかりと体に張り付いた古い膏薬をはがす際に一言、次にまた一言、という具合に、皮肉な調子で繰り返されて行く。しかもその度に、父のひエーッという悲鳴が起こる。小言と悲鳴は、かように交錯して、何とも素晴らしい合唱となる。

—するとまたしても僕の内部で、ざまア見ろ、とゆう声が起こっているのだ。幾回か寝返りを打った後で、布団の中から手を伸ばすと枕元にあるラジオのダイヤルをひねって、うんと大きくしてやる。そして家中にガンガンと騒音が響き渡るままに放置する（これは自分にもやりきれない程の煩さなのだ）。やがて頭の芯から体中に騒音がしみ込み、変に残忍な快感さえ覚え一人興じていると、「ばかもの」とおもての方から、お定《きま》りの声が掛かる。例の如く全身を痛め昼間の労働で疲れきっている親父にしてみれば、腹の立つことこの上もない状態らしく、その毒気を含んだ声音にはゆるがせに出来ない真剣味がある。打ち殺すぞ！とか、死んでしまえ！といったおかしな苦言はこんなときに発せられるのである。仕方なくラジオだけは消す気になるが、その後、夜が更けても眠れない時などは、彼らの寝ている枕元を用便に起きたり、台所に行って水を飲んだりするため、しきりに往来する。昼間眠っているので夜になると、僕は頭が冴えて眠れないのである。家族の者が眠ってしまい、昼間の繁雑な物音が鳴りを潜め、怪しいまでに静まった夜の世界が訪れると、俄然、僕の頭は冴え、僕の想像力は変な具合に発展し、ふと何処かにしまって忘れていた日記のはしくれや、書きかけの絵を想い出し、どうでもそれが必要になり（これは何としても皮肉な現象だが）タンスの引き出しや、はてには天井板を剥《は》がしてまで、その捜査に当る（僕はよく重要なものや、秘密の書類は天井板などに隠す癖がある）。この発作が起こると……発作といって差し支えない……寝静まった真夜中、バサバサ紙のめくれる音がしたり、ミシミシ何かをこじ開けている音がするので、彼らは一向に寝就かれないらしく、また音そのものより、この嫌がらせをする主人公が気になってしようがない風で、眠られない、眠られない、と狂人のように嘆息しては悩まされているのだ。ついに親父はこんな僕を評して、害虫だ、というようになった。

一方また僕の方では、こうまでして捜し当てた書きかけの絵や日記帳が、それほど切実な役割を果たすわけではなく、いったん所在を確かめさえすれば、それだけで充分で、さっそく不用になってしまい、発見した喜びも束の間、うんざりしてしまうのである。寧ろ発見途中にまぎれ込んで来た目的のない古い写真などに、かいまの興味をそそられ、一人ニヤニヤ眺め入ったりする。或る時、この写真のなかに、思いがけず若き日の母親の姿を見出したことがある。それは確か、母が女学校時代であった頃のものであるらしく、何処かの庭園を背景に美しい黒髪を誇って微笑している様は、母のケンランたる青春の日を物語っているものだが、何としても僕には不思議に思われて仕方がない。もともと母は、地主の一人娘で、昔は花よ蝶よと意にかなった月日を送り暮らしていたのである。それが争えぬ時世の波と共に、農地解放が施行され、五〜六町余りもあった田畑を解放命令に処せられるに至って、無一文に近くなった母は厭でも働かなければならなくなったのである。運命とは無慈悲なものであるよ、と、僕は母のアドケナイ写真を前にして、ちょっとばかり痛ましい顔付きをすると、大げさな溜息を吐いたりして、大いに感心してしまう。

また母がたまたま機嫌の良いときなど、台所の隅で、マナイタの音をたてながら、鍋墨などをくっつけた顔であたかも女学生のような無邪気さで、「ねえ、ねえ、愛して頂だいね……」などと、昭和初頭の流行歌を口ずさみながら、にわか興じているのは、かように昔のなごりからくる無意識の試みであるらしく、全くの苦笑の種である。

親父は、いよいよ仕事のとりこになった。あのように、からだ全体を痛めていたにもかかわらず、それで屈する様子はみじんもなく、二〜三日すると、前よりも一層の意気込みで働き出した。そして一区域の荒地を開いてしまったかと思う間もなく、次にまた新たな荒地を見つけて、第二の事業に取りかかった。ここに至って極度に労働力の必要が痛感され、奥の間で悠々ところがっている僕に対しては、流石に……何かの策を講じて、この充分利用価値のある奴を自分の味方にしなくては何としても不利だといった体で無視出来なくなったのか、或る朝、僕は親父にこんこんと、くどかれる運命となった。

（僕は依然として、協力的になる気持はない、やはり僕には僕のやりたいことや、やらなくてはならないことがある。そのやりたいことに対してさえも、手が施せなくなっている始末なのに、例え気まぐれにしろ、余念を起こす気になどなれないのは当然である）

と僕はすっかり自分でも手が施せなくなっている怠慢を弁解し、力いっぱい哀れな抵抗を試みていると、「どうしても働く気はないのだな」と念を押し、「働かなければ飯も食う必要はなかろう」と親父は最後のとどめを刺して出て行った。

やがて難を逃れ、漸く不眠を取り戻すために眠りに努めていると、今度は再び間を置かずして弟らが入って来たのだ。きっと親父に命令を受けて来たのであろう、喜々として自己主張の度合が違う。おびえた様子も見せず、「おい起きろ！」と声を掛ける。そして寝具の廻りをぐるぐる旋回しながら、安眠の妨害をする。僕は不眠のため、眠りたい一心でどうかそっとしておいてくれと、弟らに哀願するのが精いっぱいである。彼らはそんな人の了見は一向に構わず、そのうちに布団を引っぱって宙へ跳ね返したり、はてには耳の淵に口を付けて、ウオーッと、鼓膜にとどろく声を注入されるやら、大変な目に合う。僕がいよいよ我慢出来なくなって、彼らを取り押さえようとする頃には、もう彼らは心にくい程のきびんさで、何処かへ退避を試みている。仕方なく布団を直して眠ろうとしていると、また同じようなお見舞いを受ける。二〜三回このような失敬に出合う。そしてそれは毎朝続くようになった。或る朝などは、末の弟から寝ている頭をポンと蹴飛ばされたことがある。この時ばかりは僕も例になく激怒して、そいつを捕えようと、夢中で追いかけたが、必死で逃げ廻っていた弟は、おののくように泣声の尾をひっぱって、裏山の方へ逃げ込んだ。それをアホのように見送った僕の恰好ったらないもので、寝まきに素足のまま畑の土を踏んづけるように立っていた。そして所在なさに、うんざりして引き返して行ったのである。

かように荒地開墾の口が続く限り、毎朝おびえなくてはならない。しかも弟らが不当に増長する。僕は兄貴としての資格がいよいよ危うくなる。ところが僕がいちばん困却するに至ったのは、何か云いながら、それまで何らかの形で親父から支給されていた小使いが、それを境に一文も与えられなくなったことだ。といっても、僕が必要としなければよいのだが、煙草を吸っている僕にとっては、絶対的なマヒ状態で、さっそく小使いが支給されなくなった翌日からは、僕は全く哀れになってしまった。煙草が無くなり、体中のニコチンが欠乏すると、あの何とも空しい、背骨を抜かれたような虚脱と、それに伴って頭をカキムシリ、胸をクチャクチャにしてしまいたいほどの焦燥が訪れ、所詮、半狂乱の人間になってしまう。こうなると万事がやり切れない。僕は煙草を捜すために（例え吸いっからしでもと）

やっきとなり、あらゆる努力を試みる。またどんな努力をもいとわないのである。火鉢の灰をかき混ぜて、底まで掘り返してしまい、はてには畳のへりや、庭の隅などを入念に眺め廻したり、四苦八苦の探索を試みる。万策尽きて品物が見つからぬとその焦燥は極に達して、不幸にしてその辺に通りかかった弟らをはじめ、猫や鶏などまでが僕の焦りのお見舞いをくって、大変な目に合う。また意味もなく頓狂な声をはり上げたりするのだ。

僕は安穏と布団の中に落ち着けなくなった。何としても煙草を求めなくては、と夢にさえ見るようになった。そんな頃の或る日、仕事の合間に何処かへ出掛けて行った親父が、突然、ポケットの中から、煙草の箱を抜き出して、僕の頭上に振りかざしたのだ。僕の目は、一瞬、ねずみを前にした猫のような輝きを帯びて光った。僕が歓喜して、この待ち兼ねた餌物に取りすがったとき、親父は、それをくるりと背中の方へ廻し、そうはいかない、これにはうまい魂胆があるのだという顔をつくり、やがて実行される運びになったのがつまり僕を荒地に駆りたてる唯一の手段であったのだ。親父はその煙草、即ち、僕にとっては絶対の餌物を目の前にひらめかしながらココマデオイデと繰り返し、しだいに、僕に鍬を担がせ荒地まで誘引して行ったのである。それでもまだ、僕はオアズケを喰わなければならなかった、というのも、親父は、鍬を振っている僕の手に偽りがないことを確めた上で、僕にその箱の中から、一本だけをおもむろに引き出して与えたのだ。また物欲し顔をぶら下げている僕と、それを快がってもったいをつけている親父と、この二人の動作が、弟らにはよほど面白いものに映ったらしく、傍で見ていた彼らが、ゲラゲラ声をたてて笑い出した。やっとのことで煙草を手にし、陽気な春の空に、ポカリポカリと煙りを上げて、満ち足りた充足に酔いしれている僕の面はさぞ今迄にない間の抜けた顔をしていたことであろう。

やがて、仕事も一段落《いちだんらく》つき、親父の計画も満更でもないと思われるまでになった頃、附近の町で例年の如く、年に一度の祭りが催される日がやって来るに及んで、また僕の一家では徹底した不和が持ちあがった。この祭りには、何処の家庭でも、一家揃って参列するのが慣例なので、弟たちは勿論のこと、母親までが、朝早くから祭りを期待して気負い立っていた。そこへ、絶対の不賛を表して頑張ったのは、いうまでもなく親父で、一家の財政をあずかっている親父は、断固として、この祭りに要する費用の出どころを閉ざし、彼らを荒地に向かわせようと努力した……親父にしてみれば、休暇も終りに近づいていることだし、どうしても計画を完うするためには手段を選んではいられないのだ。ところがこの親父の非道精神にすっかり腹を立ててしまった彼らは、例え祭りに参加することは断念しても、もはや荒地に向うなど、とんでもないといったあんばいでとうとう、ストライキを起こしてしまったのである。またすっかりそっぽを向いてしまった彼らは、その腹いせにそれくらいのことでは気がすまぬらしく、特に弟らは、ベソをかきながらも、しきりに父を罵っているのだ。するとそこへもって、唯一人で荒地を指して出て行った父の鍬だけが、その家族のもろもろの忿懣に堪え一つ一つにとどめを刺すかの如く、はいッし、はいッし、と掛け声と共に、たけり狂っている。かように独りきりで荒地に挑んでいる父の姿は、流石に哀れな様で……老骨に鞭打つ、とはこのことであろう。そして僕にはいやな予感がしたのである。

親父は昼近くなって、急に仕事場をきり上げて来たかと思ったら案の定、蒼くなって帰って来たのだ。そしてそこそこに夜具を引っぱり出すと、土足のまま倒れ込むようにして床に就いたのである。日頃高血圧の病状があった親父は、とうとう過労が報でその持病を引き起こし、脳溢血病状を呈し、全くの危機に瀕していたのだ。彼は布団に仰けになったまま、魚のように口をぱくぱくやっているのみで、もはや助けを求める気力もない有様である。唯、表の方で遊びほうけている弟らの声だけが、これとは妙に対照的に、皮肉な高まりと調子を帯びて聞えている。……弟らは先刻の憎しみも手伝い、未だに親父を罵っている始末で、寧ろ、親父がこのように働けなくなったのをさいわい、その後もずっとこんな状態が続けば、自分たちが荒地に駆り出される心配もなく、所謂、父の煽動から完全に逃れられるというものので内心密かに喜んでさえいるのだ。

母はといえば、この親父のために台なしにされ、もはや不用となった祭りのためにと思ってこしらえた弁当を未練気に眺めつつも、「いわぬこっちゃない」といまいましそうに愚痴をこぼすことを忘れないのである。

そして僕は、ニコチンの欠乏した体を布団の奥へ、奥へと、一心に埋めるようにしてあがない、何ものかにじっと堪えしのびながら……とうとう堪えられなくなった。

僕はあたかも腹が立ったように布団から抜け出ると、ある決意をもって親父に近寄り、枕元の戸棚の中から注射器を取り出し、その応急の処置に当たった（この注射器は、静脈から血を抜くためのもので、万一の場合に備え用意されていたものであり、僕はその応急の処置を、日頃の慣例に習って心得ていたのである)。

僕は無造作に、父の腕を取ると、静脈をさぐって針を注入し、やがて徐々に血を抜きはじめた。……ガラスの容器になまあたたかいものが伝わってくる……僕は変にギコチなくなりながら、そっと窺うように親父の顔を覗いてみた。親父もじっと僕を窺っていたのだ。あたかもこの瞬間《とき》は不思議な気脈が伝い合う瞬間で——おまえはやはり俺のことを思っているのか……と、親父の顔が語っているようでもあり、やはりそうですよ、と、僕がそれに心安く応じているようでもあり、何としてもギコチないのである。僕はそんな気持の触れ合いにそっぽを向くように、なるべく平然とした面持のまま注射器いっぱいに血が満ちてくるのを待って縁側を指して出て行った。そして丁度そこへ集まって来た弟たちのもの珍らしそうな顔の前で、ちょっとシニカルなものを感じると針を外した注射器の中の血を圧縮しておいていきなり空に向けて押し上げたのだ。シューッ、と音がすると、血は花火のように吹き上った。傍の弟らが目を見張り、附近に居た母親までが、駆け寄って来ざま、

「今のは何かね……?」

ともの珍らしそうに目を輝かせた。

「おやじの血さ」

と僕は応えて、彼らを見返した。彼らは声をのんだ大きな口をポカアーンと開けたままお互の顔をさぐり合ったが、その間の抜けた顔付きといったらないもので、何か大きな間違いを引き起こしたときのとんまな顔であった。

――突然中空をかすめて過ぎて行ったジェット機の爆音が、彼らの大きな口の中にスキマ風のように吸収されていった。

そしてそれも知らぬ気に、彼らは、僕が注射器の後始末をするのを終始黙ったままじっと見守り続けていた。

野辺送りは晴れた日に

僕は父に対して数々の不孝をはたらいた。高校の教師であった父の退職金は、僕への学資で底をついてしまうほどであった。僕はそんなことにはお構いなく、大学で落第を重ねていた。すると、いつのまにか父の持ち山の山林までもが伐採され、僕の学資につぎ込まれたのである。父のこのような必死の努力をよそに、僕は人の二倍もかかって、どうにか卒業だけはしたものの、就職する意志などテンからなく、ただ美術をやるといったまま、東京でぶらぶらしていた。父はほとほと困ったようだ。

そこへ息子がちゃんとしないのは、きっと嫁を持たせぬからであろう、嫁を持たせたら人並みに落ちつくものだ。と近所の人に吹き込まれた父は、さっそく僕の嫁さがしに奔走することになった。どうやらこの界隈《かいわい》では父の信用は絶大なものらしく、嫁の方はわけもなく見つかったが、父は、今度は結婚式の費用まで持たされてしまった。父としても自らお膳立てした手前、そうせざるを得なかったのだ。そして父の持ち山は、もはやあますところなく禿げ上がってしまったのである。父はその後なにかというと、この禿げ山を引きあいにだして、見るがよい！　あの惨憺《さんたん》たる有様を、これもみなおまえの所為だ。と腹立たしく罵っては僕に恩をきせるのである。

こうして僕は父のもらってくれた嫁と共に東京で生活することになった。都会という所は生き馬の目を抜くといわれている、しっかりしないといけないぞ。というのが父の口癖だったが、父の激励にもかかわらず僕たち夫婦の生活は父の想像していたものよりずっと酷いものとなった。というのも僕の経済力はゼロに等しい。あっというまに窮迫してしまった僕ら夫婦は、またまた父を頼らなければならなくなった。さすがの父もこれには愛想がつきたらしく、今度はろくに構ってくれなかったばかりではない。もうこの上は飢えようとどうしようと知ったことか、「いつまでもあると思うな親と金」と、どこかで聞いたような文句を便箋一杯に書いてよこした。これを見た僕の友人が、月並な文句も使いようでは名言となりうるものだね、まさに君にはぴったりだよ。といって冷やかしたのには僕も苦笑した。

それでも僕たち夫婦の生活は、どうにか半年ぐらいは持ったが、ついに経済的に大破綻をきたしてしまった僕は、文字通り、にっちもさっちもいかなくなると、妻を伴って実家に舞い戻ってきたのである。実家では迷惑がったばかりではない、飛行機が墜落したほどの騒ぎと混乱が生じてしまった。その頃、父はすでに退職していたので、事実上、一家の実権は弟が握っていた。田畑も相当にあった僕の生家では、弟が家督を譲り受け、嫁を娶《めと》って農業に従事していた。とはいっても、これは弟の本意とするところではなかったのである。本来ならば長男である僕の方が家を継ぐべきところ僕がこれを放棄したので、弟は父の要請を受け、しぶしぶ僕の代役を買わされていたのである。だから弟は、いつも僕の生贄《いけにえ》にされているという被害者意識があって、僕に対しては日頃から風当たりが強かった。そこへ忽然と僕ら夫婦が舞い戻ってきたものだから、弟は僕の軽卒な態度に憤ったばかりではない、ついには家も田畑も乗っ取られるのではないかという妄想にかられるらしく、農業に身を入れなくなり、そして態度までが投げやりになった。こうして家の中にはいよいよおかしな空気がはりつめるようになった。父は僕と弟の板挟みになり、いよいよ苦境に立たされてくると、「やっぱり悪いのはお前たちの方だ、このままだと内輪もめの種になり、持病の血圧にもひびく、そんなことにならないうちに、どこか私の目の届かぬところへ出ていくがよい」と、もう僕ら夫婦に対しては同情のかけらさえも示さなくなった。そればかりか、実家を出て近所の借家に落ちつくことのできた僕ら夫婦に対して、「あいつらには一切構うことはない。時々実家《うち》へ無心に立ち寄っているようだが、癖になるからたとえ米の一升だってやってはならんぞ」と、父は僕ら夫婦の不穏な動きを封じ込めでもするように、家族の者に言いつけて、僕らを寄せつけぬようにした。

僕はその後も父の予防線を突破して、ちょいちょい実家を訪れては、できるだけ弟たちの留守を見計い、夫婦して裏山の畑から、大根であろうと菜っ葉であろうと、手当たり次第に採取して持ち帰った。

一度などはこれを弟に目撃されてしまった。そして、「野菜は高かとぞォー」と一喝されて、僕は泥棒にでもなったような卑屈さに襲われるのだった。泥棒といえば弟は僕たち夫婦がちょいちょい訪れては、なにかをせしめていく度に、これでは家に泥棒を飼っているようなものだと嘆いていた。

父は高校の教師をしていただけあって、さすがにうがった表現を用いると、僕のことを〈害虫のようだ〉と評した。ともかく実家では僕たち夫婦が立ち寄った後では、なにかまたせしめられたに違いない、と家中の者が猜疑心を募らせ、家の周りを嗅ぎまわる始末であった。

こんな僕でも以前は父にとって自慢の秘蔵っ子であったらしく、僕が大学にいっていた頃のことであるが、父は自分の教え子や同僚に対して、口癖のように「都会の大学は費用がかかってかないませんヮ」と相好を崩し、嬉しい悲鳴をあげていたというから皮肉なものである。父は昔の師範学校しかでてはいなかった。だからでもないだろうが、我が子が一応名の通った大学をでて、自分の後継ぎとして教師になってくれることが望みであり、それをなによりの楽しみにしていたようである。僕はそんな父の期待を見事に裏切ることになった。それも尋常一様な裏切り方ではなかったので、父は自分の夢がこわされたことへの腹いせも手伝ってか、この僕の背信行為にはいい知れぬ憎しみを抱いているようである。僕のことを害虫のようだと評する根拠もそこにあるわけで、僕の顔さえ見れば敵《かたき》にでも会った時のように憤怒の色を露わにする。以後僕は酷く冷遇されているのだ。僕の方でも父には一生頭が上がらないものと観念している。時には父の存在が、なにか絶大な権力そのものに思われてならない。この父に対するコンプレックスから、いつも卑屈になっている僕に向かって、僕の妻は「意気地なし」と罵るのだが、僕はなんといわれても父には引け目を感じこそすれ、自己主張など以てのほかだと考えている。いわば父は地主のように尊大で、僕は小作人のように小さくなっていなければならないのだ。そうすることが父に対する僕の唯一の罪滅しでもあるのだ。

しかしこの父が最近めっきり老け込み、別人のように気弱になってきた。寄る年波が父の活力を鈍らせつつあるのだ。そして持病の血圧が昂進して、危機に瀕《ひん》したとか、リウマチを患ったとか、父の窮状が頻繁にもたらされるようになった。父はもう七十歳を半ば過ぎている。あれほどしっかり者で、たけだけしく家長としての威厳を保っていたかに思えた父が、退職を境に次第に気弱になった。父の家長としての権威が、その衰えゆく体と共に崩壊の兆しを見せはじめたのである。それがこの頃では実家を訪れる度に進行しているのである。僕は拍子抜けがすると同時に、最初は戸惑ってしまったものである。

ある日のことであった。晩秋の陽ざしがにじんでいる暖そうな縁側に、父は腰かけてまどろんでいた。幸せとはこんなものだ！　と言いたげなくらいで、秋の陽だまりを楽しみながら、くつろぎのひとときを過ごしていた父は、なんの屈託もなさそうに見えた。

「やァ、おとうさん！」

と僕はおそるおそる声をかけた。父は以前と違って、この頃はだいぶん優しくなっているとはいえ、僕にとってはまだ犯し難い存在であり、畏怖心が薄らいではいなかった。

「おう、おまえだったのか、なんで一人でやってきた。孫たちはつれてこなかったのか」

と、こだわりのない言葉を返した父は、これまでになく愛想がよかった。快い秋日和にほぐされて父の心も和んでいたに違いない。それにしても父の挙動には、どことなく弱々しさが漂い、いつもの父らしくもなかった。しかし僕は地主に対する小作人のような卑屈さをまだ捨ててはいなかったから、

「どうもおとうさんは、近頃元気がないが、やはり体の調子が優れないのですか……」

となるべく相手の機嫌を損じないように気を配った。ところが、いたらぬお節介だ、と言下のもとにはねつけられることを予想していた僕は、ここで次のような父の愚痴を聞こうとは思わなかった。

「この頃また血圧が上がったらしい。このところリウマチが痛んで夜は眠れない始末だし、医者は肝臓もおもわしくないといっている。……しょうがないさ、年を取るとあっちこっちと故障だらけだ」

と父は自嘲するようにいったのだ。僕はちょっと拍子抜けがした。そしてなぜとはなく父が哀れなような気になった。同時に秋の陽ざしを受けて、ちんまりとしている父が、老い先短い一個の無力な老人として映った。「おとうさんも年を取ったなァ」と思わずいたわりの

言葉が口をついてでそうになった。そして僕はハッとした。こんなところで下手な見舞の言葉などかけようものなら、とたんにどんなしっぺ返しを食うか判らないと思ったからだ。ところが父は意に反して穏やかであった。

「近頃はマサに怒られてばかりいるよ」

と父は自嘲まじりに訴えるのである。マサとは家を継いでいる弟の政一のことである。

「医者につれていけといっても、自分の仕事にばかり夢中になってろくに構ってもくれん。あいつはへそ曲りだよ」と父はこぼして、まるで僕に哀訴でもするようにいう。変れば変ったものである。往年の強靭《きょうじん》さはもう父には見られなかった。「医者にかかるほど、どこかが悪いのですか？」と質問すると、「どこもかしこもよくない、夜は夜で眠れないし、最近では便秘になって困っている。運動不足ということだが、この体では運動も思うにまかせない始末だ。ほんとに困ったものだ」

と父は嘆息する。

「そう悲観ばかりしたものではないでしょう。気の持ちようです」

と僕が慰めるようにいうと、

「いや、いくら気の持ちようといっても、この調子で体中の器官が、次第にあっちが弱り、こっちが弱りするのだから、もうだめだね。年を取るということは哀れなもんだよ……。老木が枯れて次第に倒れていくだろう、人間も丁度あんなものさ」

父はしみじみと述懐した。そして自分の言葉をいかにも意味深長なものとして噛みしめでもするかのように、ひげだらけの頬を力なくさすっていた。秋陽にさらされた後頭部を見ると、申しわけ程度にうっすらと白髪がへばりついているに過ぎない。こうした父の風貌は、あたかも短い秋の日の陽ざしのようにはかなく、頼りなげに思われてくる。

「そりァ、老木は倒れましょうが、おとうさんはまだそう簡単にはまいらんでしょう」

と僕がいうと、

「さァ……、どうだろうな……」

と父は力なく、しかも自分にいい聞かせでもするかのようにつぶやくと、もう僕の慰めなど、ちっとも考慮には入れていないかのように、さっさとその場を立ち去っていった。僕は無視された恰好になった。これまでの父は、僕と顔さえあわせれば、僕の過去や日頃の行状について、くどいほど愚痴や憤懣《ふんまん》を並べ立てていた。しかしもうそれさえ聞かれそうにないので、僕は軽い失望を覚えた。そしてすごすごと体を縮めるように奥の方へ引っ込んでいく父の後姿を見ていた僕は、ふと自分だけの甲羅《こうら》の中に閉じこもろうとする一匹の虫を連想した。父はもう自分以外のことを考える心の余裕など持ちあわせてはいなかったのであろう。忍びよる老いの傷口を舐めることが精一杯で、もはや不肖の子に対する愚痴や怒りなど、どうでもよかったのかも知れない。

僕の目に父が一個の老いさらばえていく哀れな人間として映りはじめたのはこの時からである。それからというもの、僕の内部ではなにかの異変でも生じたように、僕はどういうわけか父のことを親身になって心配しようとしはじめたのである。あたかもそうすることがこれまで、さんざん親不孝をしたことに対する罪滅ぼしででもあるかのように。そして僕は父の世話を焼くことに、急に甲斐甲斐しくなった。さっそく方々に手をつくして血圧によく効くという漢方薬を手配したり、この町ではどの医者が評判がよくて有能な医者であるかといったようなことまで調べてまわり、あげくのはてには、老人専門の町医者をつかまえて、その型通りの往診の態度は気に食わんなどと、僕独特の高飛車な口調で抗議したことさえあった。僕の理不尽な攻撃に出あい辟易《へきえき》した医者は、

「あなたの方が我れ我れより専門家のようですな」と皮肉った。

僕はまた母や弟夫婦を前にすると、「オヤジは病気なんだから、もっと親身になって手をつくさんといけないぞ」といったふうで、当然の権利でも主張する時のように、強気で忠告することを忘れなかった。日頃父と同じ屋根の下で生活している家族の者にしてみれば、僕の当てつけがましい発言が気に食わぬとみえ、「そんなことは今更兄貴づらして煩《うるさ》くいわれなくても判ったことだ」と僕のわざとらしさに腹を立てているふうだった。しかも年老いて微温的になった父に対して、家族の者たちはこれまでのような従順さをすっかりなくしてしまい、むしろ辛く当たろうとする態度さえ見えた。否《いな》、父の不甲斐なさを目の前にし、焦燥しているようであった。

父は半年ほど前から右の手をふるわせるようになっていた。動脈硬化症が原因なのか判らないが脳の神経を犯されているのである。食事中にやたらと食物をこぼす。茶碗と箸をぶっつけて、たえずカチカチと音をさせる。醜態としかいいようのないしぐさは、はたから見ていても目にあまるもので、ブルブル手をふるわせながら食物をかき込んでいる父の動作は、三歳児のそれよりもぎこちなく、むしろ見苦しいものであった。たまにはご飯粒が、他人の茶碗の中まで飛び込んでくる。おまけに食物を噛む度に入れ歯がカチカチといやな音をたてる。父はそのことに気がついているのかいないのか、ただがつがつとかき込もうとする。家族の者が眉をひそめて見守るなかで、父は不自由な手で、ただひたすら食うことに専念している。はじめの頃は病人だから仕方がないということで、多少不快であったとしても、これを極力我慢して同じ食卓についていた弟が、ついにある時たまりかねて「まったく汚くてそばで一緒に食べられたものではない」と不満たらたらに吐き捨てると、自分の茶碗を抱えて別の席へ移動してしまった。そしてそれをしおに、今度は父だけを別の場所で食事させてはどうかと提案するにいたった。これを聞いた母が「いくらなんでも父さんは家族の頭《かしら》だよ、一緒に食卓を囲むことに不足があるなら、いっそ自分の方から別の所へいくがよい」と弟をきつくたしなめたのである。弟は母に非難された腹いせも手伝ってか、「くたばりそこないと一緒にめしば食えといわれても汚らしくて食われるもんかい」と応酬した。「なんということを！　おとうさんはこれまでおまえたちを大きくするため、一生懸命に働いてきたんだよ。いくら年を取ったとはいえ自分の親に向かって、くたばりそこないとはあまりのいいぐさだ」と母は怒ってしまったのである。

父はこのような家族の者たちの騒ぎに耳を貸さないばかりか、たとえどんなそしりや抗議の矢面に立たされようと、一言の受け答もせず、ますます寡黙になり、ひたすら自分の甲羅に閉じこもってしまうかに思われた。はたから見ると無言の抵抗を試みているようにも受け取れ気の毒な気もするが、父の方ではもはや自分の体についての心配のほかは、なにも眼中にないふうで、朝から晩まで高血圧の心配をしている。一度などは家族の注意を無視して、医者の薬を食うように多量に飲んでいたが、その副作用がもとで黄疸を併発してしまったことがあった。すると父はその黄ばんだ皮膚を発見して、あたかも死に神にでも取りつかれたかのような狼狽ぶりで「肝硬変になったらしい。肝硬変だ！　肝硬変だ！」と大騒ぎをして、家中を落ちつかなく歩きまわった。僕は実家へ立ち寄るなり、この「肝硬変だ、肝硬変だ」の悲痛な言葉を浴びせられ、てっきり父は気が違ったのではないかと思ったほどだ。現に久しぶりに訪れた僕の眼の前に、父はその黄色く色づいた双方の手をかざして、まるで明日にでも死んでしまうように、さし迫った表情で危急を訴え続けたのである。

「おとうさんがあまり薬ばかり飲むからですよ」

と僕がちょっぴり非難がましくいうと、それを待ち受けてでもいたかのように、

「日頃からあんまり薬ばっかりにたよって、薬漬けになっているから、そんなことになる。自業自得というやったい」

と弟をはじめ、母までが非難の矢を浴びせた。案の定、薬を控えた父の黄疸は二、三日で治癒した。

父はこのほかにも高血圧には麦飯がよいと聞くと、面倒くさがる母に、麦の含有率八十パーセントというケタはずれの麦飯を作らせるのである。母としては毎日このような別あつらえをこしらえさせられるので、その煩わしさは一通りではないらしく、「困ったオヤジさんもあったものだね」と愚痴たらたらである。父はまた、どこで吹き込まれてきたのか「青汁療法」とかいう血圧降下法を仕入れてきたことがあった。なんでも高血圧には医者の薬よりも顕著な効きめが期待できるとのふれ込みであったが……。父はさっそく、ヨモギともなんともつかぬ珍種の草を裏の山から刈り集めてくると、うさんくさがっている家族の目の前で、これを終日煮詰めにかかった。グツグツと湯気を立てて一日がかりでこしらえたのはよかったが、家中を青くさい悪臭で満たし、家族の者のひんしゅくを買ったことがある。

更にはリウマチに効くといって遠く四国あたりの妙な製薬会社の宣伝に乗せられて、そこからわざわざ小石を取り寄せると、これを煎じて飲みだしたのには、みんなあきれかえってしまった。しかし父にしてみれば真剣この上もないといったところで、ある時思いあまった弟から「そんなにまでして長生きがしたかとばいな（したいとだろうか）」と皮肉られたが、父は聞く耳を持たず、ただ黙々と自分の傷を舐めている動物のようであった。

僕はいつも実家を訪ねるわけではないが、たまたま遊びにいくと、きまって家族の者たちから、父にまつわる愚痴を聞かされることになる。こと父に関しては愚痴というより悲鳴である。「あんな態度《ざま》を見ていると、もと学校の教師だったとはとても思えない」とか「家《うち》の先祖にはこんな仕様もない男は、これまでいなかったはずだ」などといって愚痴るのは母である。まだずっと後のことになるが、父が寝たきりになって大小便をたれ流すことになると、母は身も世もあらぬといったふうで父を罵る。毎日大小便の始末に明け暮れる母にしてみれば、耄碌《もうろく》した父に腹が立ってしようがないといった有様で、僕はその都度「年を取るとだれだってあんなものだ。家の功労者であり、しかも親だから大切にしなければ」とこんなふうにひとくさり、もっともらしい教訓をまじえて、家族の者たちへ意見することを忘れない。

ある時であった。僕が例によって実家を訪れると、陽当たりのよい縁側に両親がそろって日なたぼっこをしていた。はた目にはいかにも仲むつまじい一組の老夫婦といった感じで、夫婦打ちそろって珍らしいこともあるものだ、と僕は思ったが、二人ちんまりと並んだ老夫婦の背中には、ある孤独感のようなものがにじんでいて、心なしか酷く寂しそうである。一体どうしたことだろうと訝《いぶか》っている僕に、両親はあたかもそこへ救世主が現れでもしたかのように、ほとんど同時に口をきった。

「マサも親を親とも思っていない」

と母がいい、ついで父が、

「この年寄りから金銭《かね》を全部取り上げる気だ」

といった。日頃強気な母はともかくとして、すでにかつての威信を失っている父は、泣きそうな表情で僕に訴えるのである。いろいろ聞くところによると、政一が家業の農業を続けていく上で、施設費としてまとまった資金が入用になったので、それを父に無心しようとしたのである。ところがすでに退職していた父の持ちあわせといえば、月額十万円程度の恩給だけである。弟は資金をつくるために恩給証書を抵当に入れて、是非にも金銭《かね》を用立ててくれというのだ。両親も、もとより家族の一員であってみれば、弟の申し出をすげなく断るつもりはなかったのだが、弟の態度があまりにも強引だったので、ちょっとばかり愚痴ったところ、それをだししぶっていると見た弟の政一は「親でもない子でもない」と腹を立て、あげくのはてには「どこか別居でもしてもらうほかはない」などといって、まるで厄介者でも扱うように、ないがしろにしたという話である。両親はこのことを僕に切々と訴えるのである。僕は苦笑せざるを得なかった。というのは、これまでさんざん悪態をつかれることはあっても、頼りに思われ哀訴されたことなど一度もなかったからである。急にこの年老いた両親が哀れに思えた。どうやらその後この内輪もめはほどなくおさまったようであったが、父は日ごとに気弱になっていく。それが体力の衰弱と平行して進行するようであった。そしていつのまにか頭までがぼけはじめたのである。つまり老人性痴呆症に犯されはじめたのである。最初は独善的であったものが、次第に深まる孤立感と共に、だんだん幼児化していくようであった。

いつ頃のことであったか、ふと訪れた僕の前で、父は「痛いよう！　痛いよう！」と子供のように大声で腹痛を訴えたのだ。僕は取るものも取りあえず救急車の手配を家の者に命じようとした。するとそこへ居あわせた弟の嫁が「おとうさんのハライタがまた始まりました」と揶揄《やゆ》するようにいったのだ。嫁のくせになんと失礼ないいぐさだと僕が憤慨していると、「おとうさんは常習犯ですからね、腹が痛いといってはいつもその手でだまされるのです。おとうさんは車で町へつれていって欲しかとです。つまりドライブへいきたかとですよ」と嫁はいうのだ。「車に乗りたいといっているのだったら乗せてやればよいでしょう」と僕がいうと、弟の嫁は「そう一々構っていた日にゃこっちの仕事はできまっせんよ」といった。

なるほど嫁の言い分は正しい。父には困ったものだと苦笑していると、父は一層声を大きくして「あァ痛いよ、痛いよッ！」と今度は僕に向って、いかにも真に迫ったように哀願するのである。一体いつ頃から父はこんなになってしまったのだろう。なんでも最初の腹痛は本物であったそうだ。父はこれまでどういうわけか弟嫁には、とりわけ優しかった。当時はどの家庭でも舅が嫁に対して辛く当たるのが相場ときまっていたが、父は嫁に対しては始終気を遣い、また可愛がってもいた。母がこの状態を見て非難することさえあったくらいだ。日頃からそんなに大切がられ優しくされていた嫁にしてみれば、父に報いようとするのは当然で、父になにか変ったことが起きた時など、ここぞとばかり献身ぶりを発揮してきたのである。父が最初に腹痛を訴えた時も、この弟嫁は一大事とばかりに、なにもかも放りだして父のもとに駈けつけ、親身も及ばぬ介抱ぶりを発揮したのであった。勿論父にも感謝の気持がなかったとはいえないだろうが、その行き届いた介抱ぶりを謙虚に受け止める良識といったものを、父はすでになくしていたようだ。そればかりか弟嫁の親切な態度に味をしめ、以後このように幾度となく贋《にせ》の腹痛をこしらえて弟嫁を困らせたというのである。しかし、まだそのようなことになっていなかった頃の父が、体の変調を訴えることがあると、家族中の者が親身になって心配もし、介抱もした。ところが父の中に作意が見られ、家族の者が頻繁にほんろうされるようになると、父はもうだれからも相手にされなくなっていたのだ。しかし、こんな父にも僕のほかにまだ味方になる者がいた。

それは熊五郎といわれる近所の爺さんで、この熊五郎こと熊やんは、そのいかめしい名前に似あわず近所では人のよいことで定評があった。熊やんはおよそ権威と名のつくものにはやたらと媚びる性癖を持っている。この熊やんがもっとも崇拝する人物の一人が父なのだ。父が体の具合が悪いと聞くや「先生サマ！　大丈夫でっしょかな」といっては、日に二度も三度も声をかけてくる。当の熊やんは父と同じ年だが、生来の頑丈な体つきが示すように、これまで一度だって病気などしたためしがない。ばかりか七十を越した人とはとても思われないほどの働きぶりである。彼は山深く分け入っては、いまだに反時代的ともいえる炭焼の仕事をしている。昔は村でも炭焼の名人といわれたほどの男であり、しかも働くことのほかにこれといった生き甲斐を見いだせぬような人間で、近所の老人たちが旅行やゲートボールで余生を楽しんでいるというのに、自分だけは雑木林の奥深く分け入って、いつも這いつくばるように木炭の原木を伐っている。旅行やゲートボールに無関心なのは僕の父だって同じことであるが、父のように自分のことばかり昼夜気遣って暮らしているのは困りものだ。熊やんは、なんでも、ずっと昔は地主であった僕の家に作男として住み込んでいたという話である。熊やんが父を崇拝するのは、父が教師であったという単にそれだけの理由だけでなく、このように地主と作男という、主従関係がそこにあったからでもあろうか。ともかく人のよい熊やんは、いまだに父を地主の御曹司としてあがめることにいささかの屈託もなさそうだった。そして、もはやだれからも、まともには相手にされなくなって孤独感を深めている父の唯一の味方でもある。

熊やんが、例によって父の見舞にやってきた時のことである。僕も丁度その折、実家を訪れていたのでたまたま居あわせていた。そこへ奥座敷の方から父が現れたのである。寝床を抜けだして、不自由な足どりでやってきた父は、僕と熊やんの前にもっそりと立った。寝巻きの長着を帯も締めないで、だらしなくはだけていたが、正面からは褌《ふんどし》が丸見えになっていた。ところがよく見ると褌のわきからデッカイやつが顔を覗かせている。熊やんがそれを見つけて、笑うこともできず目をまん丸にしている。僕も意表をつかれて、ちょっとびっくりしてしまった。

「おとうさん！　だらしがないよ、見えてるじゃないか」

と僕がとがめると、父はそこへぬうぼうっと突っ立ったまま、

「なにが？……」

といって、まだなんのことやら気がついていないもようである。僕が苦笑していると、小学三年生になる、父には孫に当たる浜子という女の子がでてきて、

「じいちゃんはいつもいやらしいんだから」

と、それでも日頃見馴れていて別段珍らしくもないといったふうで、笑いを浴びせる。僕は苦笑しながら、父の褌をつくろってやろうとした。ところがそれだけではなかった。ふと

触った褌に異物が包み込まれていたのだ。しかも異様な悪臭が漂い、僕は思わずたじろいでしまった。父は排便していたのである。そしてその固まりが、ずしりと重く褌にからまっていたのである。

「ウワ、くさい、くさい！」

と、また孫娘の浜子がわめいて逃げていった。熊やんが深刻な顔をして、

「先生サマは……一体どうなさったとじゃろか？……」

と心配している。熊やんにしてみれば、父のこのような醜態が不思議でならないのだ。これまでは村人から先生と敬われ、いつも難しい書籍に取り囲まれて尊大に構えている父のことしか念頭になかったので、この突然な変りように、面喰ってしまったといった恰好である。

「老人性痴呆症というやつですよ」

と僕が熊やんに説明すると、

「チホウ症って？　……ウンコ（糞）をたりかぶる（しかぶる）ことですか」

と熊やんはますます解《げ》せぬという顔である。

「そうですね、脳がいかれてくるんですよ」

と僕がいうと、

「人間も脳が弱るとあんなものじゃろかね、頭のよか学校の先生も、やっぱり年には勝てんですばいなァ」

と熊やんはしきりに父をいとおしんでいる。

聞くところによると、父はこの頃急にあんなふうになったという。ある日母が、父の寝室に通じる廊下を歩いていたところ、廊下のそこここにウンコの固まりがころがっているのを発見したというのである。これまでにはそんなことはなかったので、母は仰天してしまい、とっさの思案では、これはてっきりだれかの悪戯に違いないと思ったそうである。そして次の瞬間、頭に浮かんだのが孫娘たちであったそうだ。子供ならやりかねないと思ったのであろう。さっそく孫娘たちが呼びつけられ、詰問されることになった。それでも孫娘たちが心外だという顔をしているので、母はついにその娘たちのスカートをめくって検分に及んだというから、とんだトバッチリを食わされてしまったのは孫娘たちであった。ところが、濡れ衣を着せられてしまった孫娘たちは腹を立てる一方、次の瞬間には目ざとく犯人をつき止めてしまった「犯人はじいちゃんだァーい！」と連呼したからたまらない。ようやくのことで真相をつき止めた母は、文字通り動転してしまった。母はとっさのこと故、まさか自分のつれあいが老人性痴呆症にかかっていようなどとは、夢にも思っていなかったのであろう。だから「おとうさん！　なんという恥知らずなことを」と最初に母の口をついてでた言葉がこれであった。しかし父に反応はなかった。茶の間でテレビに見入っていた父は、「おれは知らんぞォ」と人ごとのようにうそぶいていたそうである。ところがそれからが大変であった。野良仕事を終えて帰ってきた弟たち夫婦にこのことが伝えられるや、家中に父親非難の火の手が上がった。「家《うち》の先祖には知ってる限りこんな耄碌《もうろく》じいさんはいなかったはずだ」と母が慨嘆すると、弟は弟で「話を聞いただけで吐き気がする。こんな家庭ではよそわしゅうて（汚らしくて）おちおち飯も喉にとうらんばい」とこぼした。そしてついには、どこかの病院にでも放り込むしか手がないようなことを言いだした。ところが病院に放り込むなどという弟の乱暴な言葉を聞くや、そのあまりにも父親をないがしろにした態度を母が聞きとがめ、「いくらなんでも、それが親に向かっていう言葉かね、病院に放り込んでしまえだなんて、よくもそんなむごいことを」と今度は愚痴のはけ口を弟に向けて怒りだした。

母は身体の自由を失って、しかも幼児のようになってしまった老人たちが、病院のベッドにくくりつけられ、子供のように泣きわめいているさまを、いつか人に聞かされて知っていたからであろう。ベッドにくくりつけられるというのは、自分の排便を手でつかみ散らすから、それを防止するため、やむなくそうしているというのが病院側の説明であったそうだが、母はこのようなところへ、ぼけてしまった老人を、入院という名分のもとに送り込んで素知らぬふりをきめ込もうとする家族のことを聞くにつけ、これがほんとうの姥捨て山だと慨嘆していたことがあった。だから、なにかというと病院に入れたがる弟の態度に、母は一々角を立てるのである。父もぼけているとはいえ、この病院の冷たい扱い方については、本能的に嫌悪するところがあるとみえ、「病院はいやだ！　病院はいやだ！」と子供のようにすねるのである。このように父に関することで、なにかにつけ家族に言い争いが生じることが多くなった。当の父は家族が言い争っている間中、一言の弁解もせず、ただ悪戯をした子供のように黙ってうなだれているが、このウンコ事件の時は、家族の者の風当たりも一段と強かったので、いわれるままの文句を黙って聞いていた父が、突然声をあげて泣きだしてしまったそうである。アーン、アーンと父は調子をつけるように大声で泣いたという。これではまるっきり三つ児同然である。しかも父は自分の不甲斐なさに愛想がついて泣いていたのではなかったのだそうだ。今後家族の者からどんなにきついお灸が据えられるか知れないと、それぱかりが気になって泣いていたようであった。ところが最初はそんなこととはつゆ知らず、家族の者一同父親の悲愴極まる泣き声に、あたかも悲しみの極限に迫る人間をそこに見たかのように気まずい思いで黙ってしまったというのである。熊やんにしても僕にしても、この話を聞くに及ぶや、父がいよいよ哀れに思えてきた。ある時、僕が実家へ向かう途中、またもや熊やんに出会ってしまい、一緒に父を見舞おうということになったのである。農家とはいえ豪華なステレオやピアノまでおいてある実家の応接間では、この時なにやら賑やかな楽の音が響いていた。その華やかな楽の音にあわせて、これまたおよそ不釣合いなほどすさんで嗄《しゃが》れた歌声が流れてくる。案の定、歌声の主は父であった。父は「橋幸夫」のイタコ笠とか称する流行歌を唸っていたのである。

「もと学校の先生が『橋幸夫』ではね」と僕はくさしたが、父はそんなことには頓着しないで、相変らず「橋幸夫」をきめ込んで唸っている。それにしても父の豹変ぶりにはあきれたものだ。予想もしていなかったことだけに、僕は面喰うと共に、父の将来がいよいよ思いやられるのだった。この時弟たち夫婦は野良仕事へ出払って留守だ。母は台所で昼食の仕度に忙しいらしい。このように忙しく立ち働く家族の者たちに反して、父だけがいかにも暢気である。父は家族の者たちの多忙さをよそに、朝から晩まで「イタコ笠」を唸っているといった有様で、もう日常生活にかかわるさまざまな配慮や、一切の煩わしさから完全に遠退いている。こんな父では、もはや相手にもなるまいとは思っていても、僕は自分の仕事のことや、先ゆきのことなどを、たまには語りかけることがあったが、やはり父は対岸の火事とでもいったふうで、もはや興味を示そうとはしなくなっていた。

ところが熊やんは、例のウンコ騒動がある前までは、父に対する崇拝の念といったものを、露ほども捨ててはいなかった。彼は炭焼五十年を誇るベテランであるが、幾度焼いてもやはり窯だしの時には、初心に返ったように内心の動揺を隠しきれないなどといったようなことをよく父に話して聞かせたものである。その時の熊やんの横顔には七十余歳とは思われない、はつらつさがみなぎる。ところで、熊やんの炭焼の話がしばらく途絶えていたと思ったら、今度はどう見ても破天荒としかいいようのない「墓の石塔作りの話」に話題が転化しているようである。昔この村では、生きているうちに自分の墓を作っておくという変った風習があった。熊やんは昔気質の人物らしく、この古めかしいしきたりをいまだに忠実に守り、自分の墓を建てようとしているのである。もともと何事によらず器用で鳴らしている熊やんは、付近にころがっている手ごろな石を探してくると、きたるべき死後の用意にと、自分の墓を自分で作っているのである。その熱心なことといったら驚嘆するほどで、はたから見ていても至極楽しそうである。このように、たゆむことなく器用な腕をふるい続け、石のみを使って丹念に工作された墓石は、どうやら努力の甲斐あって、今では墓碑銘までがきざみ込まれ、あとは墓碑銘の主を迎え入れるばかりになっていた。熊やんは見事完成した自分の墓をしげしげと見詰めては、そこに足を止める人々をつかまえて、誇らしげに自分の手で作りあげた自分の墓を自慢するのである。たまたまそこへ遊びにくることのある子供たちから、「一体だれの墓?」と訊かれることがあったとしても、「これ? こりゃわしの墓たい」と、訝《いぶか》る子供たちをよそに彼は至極当然なことのように応えるのである。

村では前述したとおり、健康なうちに自分の墓を作っておくと、極楽にいけるとか、長生きができるとかという言い伝えがあった。今時そのような話を信じて墓を作るような老人も少なくなったが、熊やんはそれを信じてか信じないのか、自分の墓作りに余念がなかったのである。死んだ後で自らの手にかかった見事な墓に納まることが、熊やんにとってはなによりも満足できるところで、やがて訪れるであろう自分の死を、ごく自然なものとして受け止めようとしているようであった。当然襲ってくる死というものに対して、なんの恐れも未練も抱こうとはしないかのようでもあった。

「先生サマも墓を作らっしゃれんか（作りませんか）」と熊やんは父にいったのである。「橋幸夫」一辺倒になっていた父は「おれは死ぬ用意などはせん」と熊やんの言葉をはねつけ、もはや何事にも反応を示さなくなっているかに思われた父が、この時ばかりは「墓」という穏やかでない言葉を聞かされ、一瞬たじろいだかに見えた。父はまだこんなにぼける以前に、熊やんから墓作りの話を聞かされたことがあった。そしてその真意を計りかねてか「よくも暢気なことをいっていられるものだ。それにしても薄気味の悪いやつだ」と吐き捨てるようにいっていたことがあった。父は人生の終焉《しゅうえん》を朽ちゆく老木にたとえるくらいだから、やがて当面しなくてはならない死についての認識といったものについて、なんらかの心の準備ができているかというと、必ずしもそうとはいえなかった。死との対峙ということになると、だれもがそうであるように、父もまたこの問題についてはできるだけそっぽを向きたいと願っているようであった。そのくせ七十余歳を過ぎると、もう自分の人生はあと幾ばくもないのだ、というふうに急に心細さを募らせ、指折り数えて、せっかちな方程式を立てようとする。父の死に対する極度の恐怖心もそこからきているようだ。まだ見ぬ死の幻影におびえつつ、自らを死の渕に追いやろうとする。父にはそんなところがあった。ちょっとばかり腹具合が悪かったぐらいで最悪の癌を疑い、薬の副作用で黄疸になると、肝硬変になったと大騒ぎする。常に悲観的なのだ。父は近頃では、そんな思考をする能力さえも欠如させてしまったようであるが、こんなことになる前、父はよく目の前にじわじわ迫ってくる死の幻影とでもいったものにおびやかされていたものである。

その証拠に、父は気うつになると天気のよい真っ昼間でも、布団にくるまって寝ていることが多かった。どこといって寝床につかなくてはならないほど悪いところがあるわけではない。ただ天井を見つめてうっとうしく沈んでいるのだ。屋外がいかに明るく晴れ渡っていようと、付近の野山が陽を浴びて光り輝いていようと、外界の明るさにかかわりなく、父の気持は灰色に沈んでいるようであった。否《いな》、目に映る外界の風景そのものが、灰色に見えているのではないかと思われるほど陰気な顔をしていた。

このような父の状態を見るにつけ、僕は家族の者たちに対し、「老人性うつ症というやつだろう」と説明していたが、このうつ病は本人にとっては予想外に深刻であったようだ。丁度うつ症状を呈していた頃のことだったと思う。父は僕に、非常に恐い夢を見たといって、夢の内容を語ってくれたことがあった。

父が夢の中で、とある街角を散歩していると、先方に巨大な煙突がそびえていたという。それは山よりも高く、天にも届くかと思われる煙突で、そこからは黒い煙がもくもくと流れでている。だれいうともなく、それが火葬場の煙突であるということが父にも了解された。父はその異様に大きな煙突と、そこから吐きだされる黒々とした噴煙に、しばしたじろいでいると、噴煙はまたたくまに目の前まで迫ってきた。つとその黒い煙にまじって、燃えかすのようなものが、父の着ている上着の襟元に付着したのだ。父は驚いてそれをはねのけようとしたが、手にまつわりついて離れない。まつわりついたものをよくよく見てみると、なんとそれは人間の頭髪が束になって、いぶっているではないか、人間の焼ける独得の異臭が鼻をついた。父はこの不快な夢にうなされ、そこで思わず目を覚ましたのである。寝汗をベットリとかいていた。覚めたあとからも頭髪の焼けるいやなにおいが残っているようで、この不快な夢の余韻が父を一層暗く憂うつにしたというのだ。

父はまた次のような夢の話もした。熊やんが営んでいる炭焼小屋に案内された夢である。深い雑木林を分け入って、ようやくのことで炭焼窯の入口にさしかかったのだそうだが、どういうわけか熊やんはそこにはいなかった。ただ半壊してぼろぼろに焼けただれた炭焼窯の跡が残っているだけで、ほの暗い窯の奥の方を覗いて見た父は、夢の中であッと驚きの声をあげていた。窯の中では夥《おびただ》しい人骨が、まだ焼けきらないままの肉塊をさらしてブスブスとくすぶり続けていたというのである。木の葉越しに漏れるあかあかとした夕日が、この異様な光景を一層鬼気迫るものにしていた。父はそこで思わず眼を覚ましてしまったわけであるが、火葬場の煙突の時と同じく、ベットリと寝汗をかいていたという。しかもそのいやな夢の余韻がいつまでも父の脳裏から去ろうとはしなかったという。

このような悪夢に悩まされる父は、きっとそこにおのれの死の幻影ともいうべきものを垣間見せられたような気がして、これを極度に恐怖しているに違いなかった。父はこれまで、生死の境をさまようなどという強烈な経験を持ってはいなかった。運がよかったのか戦時中は兵役もまぬがれ、あの戦場につきものの生死を分かつような極限の状態に陥ったこともなかった。更にこれまで徴兵によって駆り立てられた兵隊たちが等しく経験したであろう、血と汗の滲むような激しい訓練を強いられるというようなこともなかった。ただ平凡で衝撃的なことの少ない、むしろ微温的ともいえる教師生活の中で、淡々とした日を送ってきたに過ぎない。熊やんのように、激しい労働の中から知らず体得した根性といえるものもなかった。一概にそうだからというわけでもなかろうが、父はやがて自分の身に忍びよってくるであろう死というものについて、まるっきり受け入れ態勢ができていなかったともいえるのだ。それかあらぬか、自分の死というものについては人一倍好奇心が強いようであった。その旺盛な好奇心を持つが故に、父は苦悩していたともいえる。苦悩というより、次第に迫ってくるかに思える眼前の死に狼狽していたのである。死に対する免疫というものを、まるで持っていなかったのだ。だから体力の衰えと共に、次第に押しよせてくる老いの波に、悲愴感をむきだしにしなければならなかったようである。

父は老人性痴呆症になる以前には、高血圧がもとで不自由となった片方の足を引きずるようにして、よく裏山へ散歩にでた。散歩はどういうわけか夕方が多かった。父は夕日が見たかったといっている。天気さえよければいつも、山の端に沈もうとする夕日を待ちかねていたとでもいうふうに、丘の上に立つのである。沈痛な光を投げて茜《あかね》色に染まった空を、あかず眺め暮らしていた父は、そこに自分の残り少ない人生を、幾ばくかの感傷を込めて見入っていたに違いない、と僕には思われるのだ。父はにわか詩人になっていたのである。小春日和が続くと「人生にはこんな優雅なひとときがあるというのに、一体自分はあとなん日こんなよい日を味わうことができるのであろうか」とでもいっているようにも感じられ、このように晴れたよい日和には、まぶしげに日光を仰いで、なんとも哀れな表情を垣間見せていたものである。僕が父を痛々しく感じるのはこんな時である。それはなにも父だからというわけのものではない。一人の人間が陰りはじめた人生の中で、過ぎ去ろうとする時間に、なにかさし迫った思いで必死に取り縋《すが》ろうとしている、そんな痛々しい風情にうたれてしまうのだ。熊やんや村の老人たちにはそれは感じられない。彼らのものおじしない強靭さは、単に無知の強さというより、ままよ命がつきるまで精一杯生きるのが人に課せられた義務であろうとでもいっているように思われる。

父はこのようにして、容赦なく忍びよる老いのみじめさと闘い続けているうち、次第に恍惚化していったが、ついには寝床についたきり、もう二度と起き上がろうとはしなくなった。起き上がれないほど、どこといって悪いわけではないから、「できるだけ体を動かすようにしないと、かえって体に毒ですよ」とはたからいくら意見しても、父は頑としていうことを訊かなくなった。それでも根気よく説得したあとで、せめて上半身だけでも起こしてやろうとでもしようものなら、父ははれ物に触られた時のような形相で、これをこばんだ。体を動かすと血圧が上がって生命にかかわると、父はかたくなに信じているのだ。これは父が寝床に就いてまもなくのこと、自発的に上半身だけでも起こしてみようという気になり、長い間横たえていた体を急に持ち上げようとした時、クラクラッと目まいが生じたからである。以来父はその偏狭さから、てっきり高血圧がもとで生じた目まいだというふうに解釈したらしく、すっかりおじけづいてしまったのである。それからというもの、容易に体を動かそうとはしないのだ。勿論大小便も人の力を借りなくてはできない。というのも、父はすでに大小便を機能させる感覚器官に欠陥を生じ、早くからたれ流しの状態にあったのだ。そんな体にもかかわらず、血圧のこととなると驚くほど過敏である。そしてこの頃では食欲が異状なくらい旺盛になり、食事の催促ばかりしている始末である。

この父の介抱役を負わされているのが母である。母は父とはわずかに一つ違いだが、高齢であるにもかかわらず、なにかと気ぜわしい父の世話を焼いているうち、皮肉なことに風邪一つ引かないくらい丈夫になった。世間では気がはっているからあのように元気だろうといってくれている。僕も近頃ますます元気になっていく母を見ていると、やはり気の許せない父への献身がもとでこのように一層元気になったものに違いないと思うのだ。

父はたいがい仰向けに寝たまま手遊びをしているか、天井を見ているだけで、食べることのほか、なにも関心がないように見える。ところで、母の父に対する愚痴の度合は、僕が実家を訪れる度に激しさを加えていく。「こんな酷いつれあいを持ったばかりに……」と母は毎日欠かすことのできない大小便のあと始末について、綿々と労苦のほどを語るのである。母はまた次のようにもいった。「憎らしいったらありゃしない。おしめをかえてやってるさ中にも『そんなに体を動かされたんでは高血圧にさわる』とわめきたてるのだから……。自分はジーッと寝てるくせに、いいたい放題の好き勝手だよこの爺さんは……」と母はいかにも腹が立つといった口ぶりで、もはや父に対する敬称を捨ててしまって爺々呼ばわりにする。

ベッドの父を見ると、すっかりひねてしまい傲慢になって手のつけられない、だだっ子のようになった顔がある。「これじゃ母さんも楽じゃないな、とうさんもちっとは母さんの苦労を察して上げればよいのに」と僕がいうと、この同情的な言葉に刺激された母はますます感情を高ぶらせるのか「なんでこの爺さんがそんな殊勝な心を持っているものかね。このジジイが」とついに母は高ぶった感情を押さえ切れず、寝ている父の体を小突きにかかる。父は父で寝たままの状態で、小突こうとする母の手を逆手に取ってねじ曲げている。父は寝たっきりなのだが、手と腕の力だけは人並みに強いようだ。「このバカ力が……、こんちくしょう負けるものか」と母も必死になっている。「止しなさいよ、みっともない」と僕が止めたからよかったが、どうもこの夫婦、僕がいない時にも、このような他愛のないことをちょいちょいくり返しているようである。

ところが母の愚痴が頂点に達するような事態が起こった。父が寝たきりになって半年もたった頃のことである。アーン、アーンと子供のように声をあげて泣くかと思うと、そばに寝ている母を起こして、あっちが痛いこっちが痛いと悲痛な声をあげるのである。たまりかねた母がその都度どうにかなだめるのだが、父は母の寝つく頃を見計っては「寂しい、寂しい」などとわめくかと思うと、「死にたくない、死にたくない」などとも口走るそうである。このことを医者に診断してもらったところ、脳の動脈硬化が進んで脳自体が変調をきたしているのであろうとの答であった。いくら脳が異状になっているとはいえ、母にとっては容易に我慢のできないことであった。「この爺さんにはあきれてしまう。人を困らせようとわざと騒いでいるに違いない。お陰でこっちは毎日毎夜拷問にあってるみたいだよ。世間にこんな癖の悪い爺さんがまたとあろうか……」と母は嘆く。もう愚痴というより、幾ばくかの憎しみを込めて吐き捨てるようにいう母の態度には、僕などの入り込む余地がないほど、ある種の夫婦の確執といったようなものがにじみでている。

たまに訪れる僕も、あまりのことなので、つい世話が焼きたくなって「やはりオヤジは病院に入れるべきだよ」というと、母はあのベッドの手すりにくくりつけられたみじめな老人たちのことが念頭にあるらしく、「そんなことはできないよ」ときっぱり断るのである。弟などは父のこのような醜態については、もはや取るべき手段も配慮もないといった口吻で、「オヤジはこんなになってまで生き長らえたいと思っているんじゃろか？　おれならさっさと死んだがましだと思うばってんがね……」などと憎まれ口をたたくことを忘れなかった。すると母は、「死んだ方がましだとは、親に向かってなんというういぐさだ」と、この場に及んでも弟の暴言を戒めようとする。弟も母から叱りつけられた手前、それくらいで引き下がろうとはしない。「おれはいくら年を取ったからといったとて、オヤジのようにはなりとうなかね」と皮肉をいう。「なるかならないか年を取って見なければ判るものか」と母が応酬する。「年を取って糞も小便もたれ流すくらいなら、おれはいっそ自殺ば選ぶばい」と弟も負けてはいない。「よくもへらず口がたたかれたものだ」と母はなおも弟に食い下がるが、次の瞬間嘆息するように、「ほんとにまア、この爺さんには困ったものだよ、今ご飯をやったのに、なにも食べていないとわめくのだからね。寝てるくせに食べることだけは一人前だよ……」

しかし父が夜になると騒ぐという極めてはた迷惑な症状は、そう長くは続かなかった。まもなく静かになった父は、今度は寝床に横たわったまま、しょぼしょぼとした目を見開いて植物のような表情をするだけとなった。そしてたまに見舞に訪れる昔の教え子たちに対しても、弱々しい微笑を漏らすだけである。僕が訪れても父は「この僕がだれだか判るかい？」という僕の問いにも、やっとのことで目の前にいる僕を自分の息子だと判断するのが関の山であるらしい。こんな父の状態について、母はすっかり拍子抜けがしてしまったように「なんだか心細いよ、この前などは食事を運んできても催促するふうでもなく、じっと天井に向かって目を見開いたままだったので、これはもうてっきりだめだろうと思ったら、急に動悸がしてきたよ」と心配顔でいった。ところが父は、そんな状態で一進一退のまま寝たっきりで二年も生き続けている。母も、もう父のことは心配しなくなったし、こうしてせっせと大小便のあと始末をしながらの介抱が、すっかり板についてしまったかのようで、以前ほど愚痴をこぼさなくなった。いつのことだったか、父の寝室で母が一人でくすくす笑っているのにでくわした。こんな陽気な母を見るのは久しぶりであったから、僕もいささか奇異に感じ、母に尋ねて見ると、父が妙なことをいったというのである。母はただおかしくておかしくてといって笑いころげている。一体どんなことだろうと訊いてみると、父は突然そこにいた母に向って「屁がしたくなったのだけど、一体どこにすればよいかね」と問うたそうである。やぶから棒に妙なことをいうもんだと母がおかしがって「オナラぐらいどこでしようと構やしませんよ」というと、「昔はちゃんと小屋があって、みんなそこでしていたような気がするがね？」と父はまじめな顔でいったのだそうだ。このまの抜けた問答はいかにものどかである。父はきっとオナラと排便のことを混同していたものであろう。それにしても自分は大小便をたれ流しておいて、オナラの始末について気遣うとは、父も耄碌《もうろく》したあげく実におもしろいことをいったものだということで、家中で大笑いとなった。

こんな次第で父は生きているのか死んでいるのか、その焦点さえも定まらなくなり、もはや家族の者たちからもいよいよ見放されたかに思われたが、ここで熊やんだけが、父への変らぬ献身と忠誠をささげているのである。熊やんは父に向かうと「先生サマ！　しっかりせにゃいけまっせんばい」を口癖にして、暇さえあれば見舞にやってくる。そして父が掛け布団が重たいといえば、乞われるまま布団をめくってくれたり、体が痒いとか痛いとか訴えられると親身になって世話を焼いているようであった。この熊やんが、ある日とうとう父に墓を建ててやろうと言いだしたのである。初めの頃、この縁起でもない申し出に対しては母もかたくなに断り続けていたが、熊やんの熱心さに根負けしてしまうと、これを承諾することにしたのである。

「とうさん！　熊やんが墓を作ってやるといっていますが、どう致しましょうかね」

と母は魂が抜けてしまったような父に尋ねている。父は意味が判るのか判らないのか、「ア、ア、アー」とうなずいて微笑している。傍らでこれを聞いていた熊やんは、てっきり父が喜んで承諾してくれたものと合点してか、翌日からさっそく父の墓石の製作に取りかかったのである。そして「先生サマ！　このわしが腕によりばかけて、きっと立派なものを作って進呈しますけんな」と熊やんは子供をあやす時の口調で、父の枕元に膝を乗りだしていい聞かせているのである。熊やんは一世一代のご奉公が叶って、この上もないといった喜びようであった。

墓は父の寝室から、さほど遠くない庭の一隅に建てられることになった。父に起き上がる能力さえあれば、そこから難なくのぞむことができる。墓を作っている様子は寝たっきりの父には見えないが、墓石を削る石のみの音は聞こえてくる。ある時は激しく、ある時はのびやかな石のみの音が、天気さえよければ、ひっきりなしに響き渡っている。

熊やんは父の枕元までやってくると、仕事がどれだけはかどったかということを、一々仕事の手を休める度に報告する。ある時この絶えまなく響いている石のみの音に気を止めた父が、突如「あのカチンカチンという音はなんかね？」とそばにいた母に尋ねたそうである。「あれは墓を作っているのです」と母は応えたという。すると父は「ほう墓をかね？　だれか死んだのか」とまた訊いたという。父は自分のための墓だということをあれほど聞かされていたにもかかわらず、皆目理解していないのだ。いや理解する能力など父にはなかったのである。しかし母は「だれか死んだのかい？」と問われた時は返す言葉を持たなかったという。そのまま黙っておくのも妙な具合だったので「だれも死んでなんかいませんよ。……あれはあなたの墓を作っているのです」と母はかろうじて本当のことを告げたという。すると父は例の力のない微笑を漏らして「そうか、そうか、わたしの墓だったのか」と意味不明のままうなずいたという。

その後父は、近くで頻繁に聞こえている石のみの音に、時々思いだしたように気を止めては「あれは、なんの音だ？」と同じ質問をくり返しているという。カチンカチンと規則正しく響いてくる石のみの音は、父の耳には子守歌のように聞こえていたのかも知れない。

墓がすっかり完成した頃のことであった。父の妹に当たるお春叔母さんが、久しぶりに父を見舞にやってきたのだ。お春叔母さんは父とは四つ違いであるから、当然七十を過ぎている。しかし父とは対照的で、いつ逢っても明るい顔をしていた。父のように老残をさらすどころか、年輪と共にますます穏やかな気品さえ備わり、同じ兄妹なのに、父とはどうしてこうも違うのであろうと不思議に思われるほどだった。ただ東京住まいが長かったせいか、いまだに東京弁まがいの言葉遣いを止めようとはしないので、僕たち家族の者はいつもハラハラさせられていた。というのも、口調のどこかに、色気ともあどけなさともいえるものを漂わせていて、一見童女を思わせるようなところがあり、それが皺の数に相応しくなく、極めて滑稽だったからである。

しかし根は素直一途な人であった。それはこのお春叔母さんが、さる新興宗教の熱心な信者であったせいかも知れない。ともかく叔母には、永年の信仰生活によって培われた一種の人徳とでもいえるようなものが備わっていたといってよい。それがこの頃では、すっかり身についたものとなっている。こんなお春叔母さんを理解しようともせず、僕たち家族の者は年恰好に似つかわしくないハイカラばあさんだとか、変り者のばあさんだと評していた。身なりが派手だったせいもある。

お春叔母さんは訪ねてくるそうそう、まず庭の一隅にピカピカ光っている父の墓に目を止めると、父の寝室からそれをのぞみながら、

「兄さん！　よいものをこしらえてもらいましたわねーエ。もう兄さんもいつこの世にお

別れを告げたとしても心残りなんかないでしょう。きっと大往生ができましてよ。すてきな墓だわ、兄さんはだれよりも果報者ですよ……」

と自分も嬉しくてしようがないといったふうで、寝ている父にというより、そこにいた母と僕に向って華やかな声をふりまいた。ところがいくらお春叔母さんが変り者で胸になんのわだかまりもなく言ったにしても、母はこの一風変った見舞の言葉を承服しかねた様子で、

「お春さん、主人はなにも今すぐ死ぬときまったわけではないのですよ。まだこのとおり生きているのですからね。いやですよ『大往生だとか、この世にお別れを告げる』だなんて縁起でもない。……そんないい方っておかしいですよ」

とたしなめている。母は日頃からややもすると、その心根とはうらはらに、上っ調子に聞こえるお春叔母さんの言葉を、うとましく思っていたのであろう。

「あらお姉さん、私のいい方がまずかったようですねーエ。そりゃ兄さんはこの先うんと長生きしてもらわなければなりませんが、命がつきるのは仕方のないことですものね。たとえ長生きしたくても、自分の意志ではどうにもならないことだわ。神様にお任せするほかありませんわねーエ。神様がこの世にお生かし下さっている間は、生きていることに精一杯感

謝しなければなりませんのよ。でも神様が命をお召しになるその時は、これを有難くお受けしなければなりませんことよ。だって七十過ぎのこの年になるまで何事もなく生かして頂いたことだし、途中で事故で亡くなったり、若死にするような人たちに比べれば、大変に有難いことですもの。かりに今すぐ臨終を迎えたとしても、それが神様のおぼしめしなら祝福されてよいことかも知れませんわねーエ」

とお春叔母さんは、あくまでもどこかの宗教で吹き込まれたとおりだとしかいいようのないことを、持ち前の滑らかな口調で続ける。お春叔母さんに他意はないだろうが、この妙に悟りきったような態度に、母はばかばかしいとでもいいたげなうさんくさい顔をすると、

「お春さん、あなたはそういうけど、本人をご覧なさいよ。あなたがしばらくこないうちにこんなにぼけてしまって……。今更『感謝』でもないでしょうに。ぼけてしまった人になにが判るものですか。たとえぼけていなかったにしろ、そんなに悟ったような心境になるなんて気のきいたことがこの人にできるわけないでしょう。あなたも知っているように、ぼける前までは『死ぬのが恐い、恐い』とまるで子供のようでしたからね……」

と母は寝床の父に恨めしそうな一瞥をくれて自嘲的にいう。

「あら、お姉さん、だれだって死ぬのは恐いわ、でもこういっては嘘に聞こえるかも知れませんが、私は違いましてよ。神様にすべてをお任せするようにしていますと、いつお迎えがきても慌てませんわ。心の準備だけはちゃんとできていましてよ。以前の兄さんみたいに、はたしていつまで生きられるのだろうか、どうだろうかなどと酷く不安がったり、自分の死を想像して、恐ろしさのあまり正体を失くしてしまうようでは、あまりにも情けないといいましょうか、哀れで見てはおれませんものねーエ。この前私どもの教会の年老いた先生が、ご病気でお亡くなりになったのですが……、いよいよご臨終という時のことでした。ご家族の人々をはじめ沢山の信者さんたちが、先生の枕元で悲しんでおりましたところ、その先生がこうおっしゃったのよ。『なにも心配したり嘆いたりすることはありません。私の命がつきるのは神様のご意志です。この上は、これまで永年お生かし頂いたご恩に報いるだけで、私の心の中は大変穏やかです。私は神の摂理にあらがおうとは思いません。満足です。安心、安心』と微笑まれて、安らかに息をお引き取りになりましたのよ」

と、このようにいうお春叔母さんは、父がまだ完全に耄碌していなかった頃も、しばしば見舞にやってきては、

「兄さん、あんたみたいに余命幾ばくもないのではないか、などと気ばかりもんでふさぎ込んでいたら、楽しく過ごさなければならない余生を、みすみす暗く打ち沈んだものにしてしまうことになりはしませんか、それは理屈にあいませんわ、もっと穏やかな心で、人生を感謝のうちに過ごすようにしたら、どれだけ楽しく充実したものになるか判らないことよ」

などといって憂うつそうにしている父を励まそうと心を砕いていた。父は相変らず気のない沈んだ調子で、

「口ではおまえ、ひとのことだと思って、そんなことがいえるだろうが、いざ自分の身になったら、神の教えがどうであろうと、そんな立派なことをいったって――。第一そのような気のきいた心がけになれるわけがないじゃないか。――高僧だって、いざ死の宣告をされると狼狽してしまうというではないか」

とお春叔母さんの話を煩そうに遮っていた。

「まあ、兄さん違いましてよ。高僧のたとえはありましょうが……、私など正直なところ、もう七十年以上もお生かし頂いたことだし、これで十分だと思っていましてよ。それは世間のお年寄にありがちなように『自分はなんでこんなになる年まで生きているのだろう、

早く迎えがくれはよいのに』などと、たとえそれが言葉の上だけだったにしろ、そのようなひがみや、捨てばちな気特になることとは違うわ、神様がこれまで無事にお生かし下さったんですもの、そんなに欲ばっては罰が当たりますわ」

とお春叔母さんの言葉は心底から発露されているようで、このような話を聞かされる僕はなにかその素直な心の中に、決して並のものとは思われないものを感じると、お春叔母さんに向かって次のようなことを喋ったことがあった。

「叔母さん、結局は人間、最後にはだれでも死ななければなりませんからね。そうした宿命を背負っている生身な人間の悲劇性といったものを、少しでも和らげるためには、やはり叔母さんのおっしゃるように、ある宗教的な心の平安といったものに頼る必要がでてきますね。第一そうしないと救われようがないでしょう。僕もたまには『生』や『死』について考えてみることがあるのです――。たとえば次のようなことを考えました。人間という生物の一生を、宇宙的な側面から捕えてみますと、あの想像を絶する永遠の時間の中では、人の一生なんてほんの一こま、瞬きするまもないということになりますね。これは当然のことだといってしまえばそれまでですが、やはり人生五十年か七十年という時間など宇宙的な時間からいうと、無に等しいわけですよ。ここで勢い話を飛躍させて、人の死ということに焦点を当ててみましょう。叔母さん、死についてあなたはどう思われます？　やはり死とはすべてが無に帰することではないでしょうか、もっとも魂は死滅しても肉体の方は形を変えた物質として残りますが、意識は永久に閉ざされるわけです。意識が閉ざされれば文字通り無となってしまうわけでしょう。人々が恐れているのは、この永久に閉ざされる無にほかならないわけで――。しかし無になってしまうということを、そんなに忌み嫌い、恐れているとしたら、我々人間は生まれる前までは、だれしも同じように無という永遠の時間の海に投げだされていたはずではなかったのでしょうか、ところで死ぬと当然また無という無限の時間の中に追いやられるわけでしょう。だったら人はなぜ生まれる以前の無について考えてみることもしないで、死んでからのちの無にばかり拘り、これを恐怖するのでしょうね。人の死についてては、哲学だって人々を納得させるほどの説得力を持っているとは思われませんし、やはりそうなると、信仰の世界にこそ抜け道があるように思われます。叔母さんは神仏のお諭しを受けているうちに、僕なんかには到底判りそうにもないなにかを知っていて、つまりはそれが、父をはじめほかの人たちとも区別される所以で、死生観についても、一種の悟りを身につけておるわけでしょう。それこそ大悟徹底でしょうね」

とひとくさり自前の観念論を披露すると、お春叔母さんはやっと年輪に相応しい気難しい顔つきになって、

「私には難しい理屈は判りませんけど、死生観の問題だからといって、そんなに難しく考えたり、深い究明を必要とすることではないと思うのよ。ただ素直になることだわ、素直とは自分であれこれ考えたり画策することではなく、淡々として神のご意志のままに従うということです。するとなにかを知るということにもなりますし、判らないことや、目に見えないものまでが自ずと判ったり見えてきたりするものですよ」

と口調はいつものとおり穏やかである。いずれにしろ、僕の軽薄な観念論は見事に粉砕されてしまった。母はこの妙に悟りきったようなお春叔母さんについての陰口を、「お春さんはどこかおかしいんですよ。そりゃ若い頃から賢くて、人の評判も悪くはなかったけど、あんな仏様みたいなことばかりいったって、だれも納得するものですか、おとうさんだって好き好んでそんなにふさいでいるわけのものでもないでしょうに。何事も実際に自分の身にふりかかってこないと、ほんとうの苦しみなど判るわけのもんではないよ」とこんなふうに

いったものである。父もそれに同調して「お春がやってくると、おれはイライラするよ。『兄さんは自分のことばかり考えるから苦しくなる。高血圧のことも神経痛の痛みもみんな忘れて、神に生かされていることを感謝しなさい』などと、どこで仕入れてきたのか二言目には神だ神だという。痛くてかなわんのに感謝の心など持てるわけがない。理屈にあわぬことばかりいう」といって、父はお春叔母さんの言葉が一々胸に刺さるらしく、むしろ心苦しくてしようがないといったふうで、ますます不機嫌にさえなった。

そんな折も折、お春叔母さんは次のようなことをいって、父をとうとう怒らせてしまったことがあった。

「兄さん、私ね、この頃とっても楽しいのよ。孫たちに囲まれてなに不足なく過ごしていると、毎日がスゴーク幸せなの。この幸せ兄さんにも分けて上げたいなアー、兄さん！　毎日ふさいで過ごしているなんて、バカみたい！……」とお春叔母さんの言葉がまだ終るか終らないうちであった、父は「ウルサーイ」と絶叫して頭を掻きむしった。お春叔母さんは突然、父の怒りを食らってびっくりした様子で「あら？　兄さんどうしたのでしょう」と不思議がっていた。まったく天衣無縫なのだ。

ところで、お春叔母さんはほとんど二年ぶりに父のもとへやってきたのだが、父は以前とは違って、もうくよくよなどしなくなっている。おまけにそこには立派な墓までが完成している。お春叔母さんはふと安らぎに似たものを覚えたに違いない。老人ぼけになる以前の、父の窮状はだれが見ても痛々しくて見てはおれないくらいで、それはお春叔母さんにもひとしお身にしみていたことであろう。僕らにとっても父がぼけてしまって、ほっとさせられているといった方が本音である。

お春叔母さんはいかにも晴れ晴れとした顔をすると、父の寝室の障子を思いきり開け放った。そして真向かいに見えるピカピカの石碑をのぞみ「見事だわ、見事だわ」をくり返している。そこへ丁度熊やんがやってきた。

「まア、熊五郎さん！　お久しぶりだわねーエ。あのお墓、あなたがこしらえたんですって……。兄さんのために有難う」

とお春叔母さんは熊やんに挨拶をする。そこへ今度は申しあわせたように、野良仕事から帰ってきた弟の政一が、もっそりと墓石の脇に姿を見せた。

「あーら、まア、マサちゃんじゃないの、しばらくだわね。……父さんのお墓ができてよかったわねーエ。熊五郎さんが作ったそうね。……完成のお祝いはまだ済ましていないの？」

とお春叔母さんは弟に声をかける。弟はこの「墓」の件については、別段作ってよいとも悪いとも意思表示はしていなかった。ただ黙認しているといったふうであった。ところがこと父に関しては、日頃からさんざんもてあまし気味で、いささか焦燥していただけに、お春叔母さんの浮世離れした挨拶が、弟にはいよいよ癇にさわったのであろう。

「完成のお祝い？　そげなつ（そんなこと）必要があるもんかい。死んだ時が完成祝いになるとたい」

と弟は乱暴に応える。もともと弟はこのハイカラなお春叔母さんを、虫が好かぬといって酷く嫌っていたのである。

「相変らずだわねマサちゃんは……。ぶっきらぼうなところなど、ここに寝ているあなたのおとうさんの若い頃にそっくりだわ。でもねーエマサちゃん、私、このお墓の見事さに感激しちゃった。こんなに素晴らしいものをこしらえるなんて……。熊五郎さん！　あなたも並の腕ではないわねーエ、きっと心を込めて一生懸命だったのね。私も作ってもらおうかしら」

とお春叔母さんが思わずこんなことをいった。

「お春サマは、まだ見たところ娘のように若こう見ゆるとじゃけん、墓は早過ぎますばい」

と熊やんは何気なくいったつもりだろうが、いくらなんでも七十歳を越したばあさんにいうべき言葉ではなかった。

「まア、どうしましょう。熊五郎さんにかかっては、かなわないわね」

とさすがのお春叔母さんも、皺だらけの顔を真っ赤にしてうろたえている。母もこれにはおかしかったらしく、声を立てて笑っている。僕は吹きだすのをこらえていた。

ところが、さっきから辺りの空気が急に華やいで騒々しくなったのに誘われてか、これまでは寝床でおとなしく天井を見つめていた父が、三歳児のそれのようなあどけない顔に精気を蘇らせると、急に嗄れた声でケタケタ笑いだした。

「あらいやだよこの人、突然笑うなんて？」

と母がびっくりした表情をする。お春叔母さんは父の寝床の方へ体を寄せ、覗き込むようにして、

「お姉さん、兄さんはお墓ができたので、きっとご機嫌なのよ。いつもこんなにニコニコ

しているとよろしいのにね。ニコニコしていると神様もお喜びになって、一杯お恵みを下さるのよ。お姉さん、兄さんはこの頃どう？　もうあまりあなたを困らせるようなことはしないでしょうね。夜中にわめいたりもしないでしょう。心が清らかになった証拠だわ。心が清らかでないと死んだ時地獄へ落ちてしまって、天国にはいけないのよ、もう兄さんは大丈夫ね、きっと天国へいけるわ。そうよ神様が天国へいかせて下さるに違いないことよ」

とお春叔母さんがはしゃいだ声をあげた。ところがこれまでそこへ突っ立ったまま、仏頂面《づら》で、このばかばかしいやり取りを一部始終黙って聞いていた弟が、ついにたまりかねたか、聞くに堪えぬといわぬばかりに、

「あー、あー、なんちゅうこつ（なんたること）かいな！」

と突如甲高くひっぱった悲劇的な声をあげた。弟は日頃から無口な性格だけに、思案にあまって感情を押さえきれなくなると、時たまこのように頓狂な声をあげる癖がある。

やがて弟はその場にいたたまれなくなったのか、

「ほんとに困ったこつばい、死にもせんうちから墓ば建ててみたり、耄碌爺々に、変てこな神様ばあさんときちょる（くる）うちゃ（うちは）気違い一家か?!」

と、ひとりぶつぶついいながら遠ざかった。見ると熊やんも弟の剣幕に気押されたか、すごすご帰り支度をしている。お春叔母さんだけが笑顔を絶やさずにいる。

「マサちゃんは、あれでも心の中は正直なのよ。その証拠にお墓を建てることには反対しなかったでしょう。日頃からやかましがりやにしては珍らしいわ、そんなに反対しなかったところなど、心のうちでは自分の父親のことを憎からず思っているのよ。感心だわ」

とお春叔母さんは、弟の冷淡な態度にも超然としている。何事につけても善意に解釈する術を心得ていて見上げたものである。父がわけも判らず笑いだしても、それを疑って見ようとはしない。案の定、父がまた寝床の中で笑顔になったのを見て取ったお春叔母さんは、

「お姉さん！　お姉さん！　ほらまた兄さんが微笑んでいるわ、今日はよほど気分がよいのね、私が見舞にきたからかしら、いやそればかりじゃないことよ、やはりお墓のことが嬉しいに違いないのね。ほーら嬉しそうでしょう、お姉さん！」

とお春叔母さんは目を細めながら父の顔を覗き込んで、母を促すようにいう。母はすてばちで諦めきったような目を、寝床の父に注ぐと、

「主人が自分の墓のことを喜んでいるんですって？　判るわけないですよ、お春さん。悲

しいのか嬉しいのか自分でも判らんようになってしまってからに……みじめなもんですよ」

といかにも情なさそうにいう。

「いいえ、そんなことはないでしょうお姉さん、兄さんはきっと判っているのですよ。ほーら嬉しそうなこの顔がなによりの証拠じゃありませんか……。ねえーエ兄さん、嬉しいんでしょう……」

とお春叔母さんは父の顔の上で、あたかも赤ん坊をあやしている母親のような表情をする。父はこれに応えて、

「お、お、オハルか？……」

と、今やっとそこにいるのがお春叔母さんだと判ったようで、満面に微笑みをたたえて、感極まっている。

「ほーら、やっぱり判るのですよ。ちゃーんとこのお春が。……兄さん！　お墓ができてよかったわね。兄さんとっても幸せ者だわ」

とお春叔母さんは父をあやし続ける。

「お、お、オハル、おれはシヤワセダ、うん、うん」

と父がわけも判らずうなずいている。

「兄さん、がんばってよ、そしてもっともっと長生きするんですよ。そしたらあんたになにかご褒美さし上げなくちゃね。そうだわ、兄さんが私より先に死んだら、お葬式の時に、お棺の周りをお花で一杯にして上げましてよ。きっときっと日本一のお葬式をだして上げますからね……」

とお春叔母さんは、持ち前の年に似あわない、あどけなさで父を諭し続ける。そばで聞いている母は、いよいよたまりかねたか、

「お春さん、もう止めなさいよ。……ばかばかしい」

と遮る。しかしお春叔母さんは、もともと母とは次元の違う世界に住んでいるので、たしなめようとする母の意見をちっとも訊き入れようとはしない。これではお春叔母さんのひとり舞台である。

「お姉さん、兄さんはね、そりゃぼけてしまってるといえばそれまでですが、やはりそれはそれなりに悟っているのよ。見てご覧なさいよ、この穏やかな顔を。普通人間はこんなに穏やかな顔ができるものではないわ、ほんとに立派なものよ。ねえ兄さん、もう死ぬのが恐

いなんていわないでしょうね、どうオ?」

「あ、あ、コワクないよ、コワクない」

と父はやはり意味不明のまま応えている。

「ほーらね、お姉さん、兄さんはやっぱり悟っちゃったのよ。高校の先生だったんだものちゃんと悟れるわよねーエ。……でも兄さんまだ死んじゃいけないわよ」

「うん、うん、シナナイ、シナナイよ」

と父はまたおうむ返しに応える。

「え、え、死んじゃだめよ。でもその時期がくれば仕方がないものね。その時はみんなでお祝いして上げるわ、七十や八十歳になる歳まで無事お生かし頂けたことへのお祝いですよ。赤飯をこしらえて長生きできたことをみなさんに喜んでもらうのですよ。親戚の人たちや、兄さんの知りあいや、教え子たちが、兄さんのこれまでの業績をたたえて沢山集まってくることでしょうね。……きっとお葬式の日は、晴れた日がよいわね。秋の空がよく澄み渡った素晴らしい日和がよいことねーエ、兄さん」

とお春叔母さんが父の耳元に呼びかけるようにいうと、父はお春叔母さんの感情のこもっ

た言葉に、ただ意味も判らず感動したらしく、

「あ、うん、ハレタ日がよいよ、ハレタ日がよいよ。アリ、ガトウ、アリ、ガトウ」

と感極まったように顔をしかめはじめた。

「まア、兄さん、よほど嬉しいのね。判るわ、判るわ、晴れた日がよいといってるんだものね。……あ、そうそう兄さん！　晴れた日というと、あんたたちの結婚式の時も、素晴らしい秋日和だったと記憶してるわ。……もう六十年以上も昔のことになるかしらね、あの日も大変によく晴れた日だったわ。ねーエ兄さん、あの結婚式と同じように、兄さんが野辺送りにたつ時も、きっと素晴らしい日和でありますように。このお春が神様にお願いしておきますからね――」

お春叔母さんの口調はいよいよ詠嘆的になり、感情がこめられてきた。そしてこの言葉が終るか終らないうちであった。父は突然幼児のように顔をくしゃくしゃにすると、涙をポロポロこぼしはじめたのである。お春叔母さんの心からなるいたわりが、父に通じたのであろうか？　いや父はお春叔母さんのいっている意味を理解する能力など、もうとっくに失っていたはずである。

島の秋

昭次は、居間で目を醒ましていたが、格子戸の開く音に、いっそう頭がはっきりした。電報を受取りに出たのは、母の豊子らしかった。間もなく、長い廊下を通って、父の寝室に行くらしい足音がした。

昭次は闇の中に目を開き、何ものかを凝視した、心で何かを窺っているかのように。母は長い間戻って来る様子ではなかった。やがて廊下の向こうの、父の書斎に灯りがついた。父は母に起されて、書斎に行ったのだ。――彼等は電報を確かめているのかしら、それにしても？　昭次の脳裏には或る疑惑が生れた。

昭次は夜具を抜けると、例の長い廊下を通って父の書斎の前迄行き、思わず立ちすくんだ。父はスタンドランプの灯りに電文を広げたまま、肘掛椅子に肥った体を釘づけにされたように、じっと動かずにいた。その父の後姿からはありありと或る苦悩の表情が感じられた。――父は何ものかに迷っているのだろうか、何か隠された意味がありそうだ。昭次はふとそう思った。母は、と見ると、そこから一間程離れたところで、大きな、あるためらいの表情で立っていた。

「貴方、どうなさいます？」

やがて母が口をきいた。やさしくうながすような口調だった。父はそれには応えないで黙っていた。すると母はもう一度繰り返すように、

「せめて葬式にだけにでも」

と云った。

「いやおれには行けない」

と父は応えた。意外に力が籠っていた。まるで己れに訴えているような声だった。父はそれっきり頑固に押し黙ってしまった。

暫くの間、沈黙が流れた。

「でも、お菊さんも可愛想な女《ひと》ですね」

母がぽつりと云って、遠くを見つめているかの様な呟きだった。

電報はお菊という女の死を報じて来たものだった。お菊とは、以前父がかくまっていたことのある女のことである。昭次は、父にそんな女がいたということを知らなかった。電報に接して初めて知った。彼は大学に入る年になった現在迄、父のそんな醜聞を耳に挟む折に触れなかったのである。彼の家庭でもまた、そのような隙を微塵も与えなかった。あくまでも

過去のものとして葬っていたのであろう。

昭次は、父のそんな古い傷痕には、今さら義憤も嫌悪も感じなかった。ただ突然のことで意外には思った。いくらか複雑な感情にもなった。と同時に、父にそんなつながりがあったというお菊を考えたとき、その未知な女への好奇心が湧いた。――はたしてどんな女であったのだろう。その性質によって、彼は父を容易に許す気にもなれるし、憎む気にもなれそうだった。

事の次第を聴いた昭次は、まだ何かわだかまっているような両親をそこに放って、一人廊下を渡って、夜の庭園におりた。素足のままだった。足の裏に月光を踏んで歩いた。梢に夜風が渡っているのか、庭木の影が地面で揺れていた。昭次は明るい庭の一隅で敷石に腰をおろすと、夜の空気を呼吸した。――家庭の空気が妙におかしくなりかけているのに、彼の気持は逆に何のわだかまりもなかった。こうした美しい夜の精にまぎらわされたためでもあろうが、皮肉なくらい恍惚となっていた――。暫くすると、庭の向こうに人影が現われた。人影は彼の方に向かって近づいて来た。それは女中の八津代だった。

「坊っちゃん！」

八津代は声をかけて来た。そんな庭の片隅で、一人うずくまっている昭次に、父の妾のことを聴かされてのことだろうとでも憶測したのか、八津代の声は労るような声音だった。昭次は黙ったままそっぽを向いていた。同情しているらしい八津代を、うさん臭く思ったのだ。

「坊っちゃん」

八津代は、もう一度昭次を呼んだ。彼は、やはり応じなかった。八津代は、おしだまっている昭次が、いっそう悩んでいるものと思ったのか、やがてその沈黙をほぐそうとでもするかのように、

「大変なことになりましたね」

と水っぽい口調だった。

「ふうん、オヤジの妾のことかい」

ひとごとのように昭次は云った。

「あれまあ、坊っちゃんは知っていなさったんですか……そうでしたか、びっくりなさったでしょうね」

八津代は、そういうと、わがことのように溜息をついた。

「いや。なんとも思っちゃいないが、ただそのお菊さんという人を、いや、その人に一度でも逢ったことはないのかね」

昭次は、なんとなく訊いたつもりだったが、何か八津代の挙動に、もしやお菊のことを知っているのではないかという予感がした。

「えっ？　それは、少し」

八清代は、口ごもるように頷いた。やはり何かお菊のことを知っていて、そのことを隠しているといった口のきき方であった。

「そのお菊さんという人は、どんな人だったかね」

知っているならば、何でもよいから話してくれ、というように半ば強制的な語気で云った。八津代は戸惑っていたが、それでは、と前置をすると決心がついたのか、お菊のことについて語りだすのだった。

「お菊さんのことならこの私が、そりゃもう詳しく知っております。私は旦那さまが社用でたまたま京都へ来られ、そしてそこでお知りあいになられた時分から存じております。私はその頃、京都で旦那さまにお世話になっていらしたお菊さんのところで、女中として働かしていただいていたのですよ。……あの頃のお菊さんはまだ若くて綺麗でした。首すじから、生えぎわにかかるところが、ほんのりと白く、ちょうど蚕があがる時のようにすき透った感じでした」

八津代は、その頃の情景をまのあたりに浮かべるかのように感情をこめ、詠嘆的な口調になった。葉ごしに月の光りがしらしらとおちる庭で、八津代の声音がことのほか切実にひびいた。昭次は、八津代の話しに描かれたお菊の映像を頭にうかべながら、父のあの贅肉で肥満した体が、脂ぎった手が、お菊の白い素肌を撫ぜまわしたこともあったのかと嫌悪さえ催すのだった。ある種の妬嫉であったかもしれない。

「お菊さんは、どうしてそんな境遇におかれたのかい」

「はい、それも私が、よおく存じております。お菊さんの郷里はというと、それは島国でしたが、あの人はその島国の貧しい漁夫の娘として生まれなさったんです。その島は、確か瀬戸内海沿岸の青ヶ島とかいう周囲一里に満たない小島でした。お菊さんはこの島をふる里に、十七、八の娘時代迄、めったに他所などへ出ることもなく過ごされたそうですが、やはり娘盛りの頃になると、その島が次第に窮屈に感じられるようになったようです。自分でもそうおっしゃっていました。とにかくそんな小さな島国で生涯朽ちてゆくのが耐えられなく淋しかったことでしょう。つまりそのような島国で空しく暮らす青春をはかなんでのことでしょうか、とうとう反対する両親を押し切って、日頃憧れていた京都を目指して家出をしてしまわれたのです。しかし、やはり世間というものはうまく応じてくれない冷酷なもので、そんなお菊さんの甘いひとりよがりな望みに応えてくれる訳はありません。ひとりで京都へ赴いたお菊さんは、早速、日常のくらしにもこと欠くようになったのでした。さんざん苦労したあげく、あのような生活に、いやこれは旦那様に失礼かもしれませんが、身を落とされたのでした。つまり旦那様のお世話にあずかるようにおなりになったのでした。それから今一つ、旦那様は非常にお菊さんを慕っていられた模様で、その溺愛振りといったら全く何かにでもとりつかれていられるかのようでした。あんなに綺麗なお菊さんのことですもの、全く無理も御座居ません。それからはお菊さんも、すでに自業自得だとあきらめなくてはならなかったことだろうし、旦那様のお世話でお妾の生活を続けられるようになり、精神的な不満のあるのはともかくとして、物質的には申し分のない、はなやかなおくらしでしたが、間もなくあのお菊さんの白いお肌に、突如思いも寄らぬ恐ろしい症状が現われて来たのです。

それは癩病というものでした。美人薄命とでもいうのでしょうか、それはほんとに皮肉なものでした。それからはお菊さんのあの白い素肌が無惨に腐っていきなすったのです。そしてその頃、またしてもわずらわしいことには、それと殆んど同時にお菊さんには赤ん坊が生まれたこと……」

「それは父の子だったのかい」

彼には新たな好奇心が生まれた。いっそう複雑な気持にもなった。

「ええ、ええ、まぎれもなく旦那様の子供なのです。しかしいくら子供が出来たといったからとて、旦那様もそんな病気に罹ってしまったものを全くどうしようもありません。私でさえお菊さんの傍へ寄るのが恐ろしくなってしまったくらいでした。非人情な仕打ちをするようで気がさしましたが、そのお菊さんに手切金のようにしてなにがしの療養費を渡すと、逃げるようにして私共は其処から離れて参りました。それからはお菊さんの消息も、私共にはとんと判りませんでしたが、その後折々耳に挟んだことは、お菊さんが何度も自殺を計ったということでした。でもやはり子供のある身の上、それも許されなかったことでしょう。とうとう郷里の親たちによって再び島へ引き戻され、付近の療養所で、とうとう……。

それにしても、そのお菊さんが島に引き戻されてから療養所でお亡くなりになる迄の苦労というものが、口うるさい島民たちの中でのことだし、家出娘やお妾などの恥ずかしい名を着ながら病苦に喘ぐ一方、およそどんなに苦しい思いで死んでいったかということが、つくづく解るような気が致します」

八津代は語り終った。しめっぽい口調だった。彼女は語り終った自分にさえ気が付かずにいるのではないかと思われたほど、茫然としていた。彼女の瞳が涙でうるんでいる。月の光りの中で、昭次には八津代の涙が一種神々しいように思われた。

「うーん……お菊さんか」

昭次は唸るように云った。そして唇を噛みしめたまま深刻そうな顔をつくると、暫くの間黙った。

「……ところで親父は、葬式に行く気でいるのかな?」

「だって行きたくても行けないことですよ。だから坊っちゃんか私にでもとおっしゃっていました。勿論私はお菊さんの唯の傭女《やといめ》でしたし、個人としては参りたくても、やはり私などの伺う筋合でもありません。だからやはり坊っちゃんが」

「僕が？……」

昭次はちょっと頭の中で、想念をまとめるようにして八津代の方を窺った。

「……葬式は明後日だったね、よし僕が行こう！」

と断定するように云った。昭次は、好奇心をおぎなう為にわざわざ八津代からお菊のことを聴いたのだったが、結局はそれが好奇心を余計煽る結果になったのだ。お菊の郷里《ふるさと》に行ってみたいと思った。急に旅愁心のようなものがわいてきた。

昭次は、翌朝まだ陽が登らないうちに家を出た。汽車で一夜を明かした彼は、漸くのことでバスに乗り換えた。バスは一時間余りだろう。青みのたけた夏草の原が一面に連なる坂道を、バスに揺られて峠を越すと、そこからはもう海が見えてきた。バスの窓越しに見えた海は、太陽に白く光っていた。

やがてバスが坂を降りてしまうと、海は目の前にあった。海というより山間に挾まれた入江だった。水が蒼く澄んでいる。岸辺には、ポンポン蒸気が幾人かの先客を乗せながら出発の時間を待っていた。エンジンが掛けられ、船体が震えていた。

バスを捨てた昭次は急ぎ足で貧弱な桟橋を渡った。乗客はいずれも土地の者らしく、モンペ姿の女たちや、漁夫たちが、互いになれなれしそうな口調で喋りあっていた。昭次は他所者らしく、そんな人々の視線をおのずから避けるようにして離れ、舳先《へさき》へ行って一人腰を降ろした。

やがて、船はゆるゆると岸を離れた。舳先の水が緑色に掻き分けられてゆく。屏風のように切り立った崖壁を両側に見ながら、入江を遠ざかる広々とした海原が眼前にひらけた。潮の香が鼻をつく。晴れた日の海は油をふりながしたような上凪で、初秋の日射しが海一面に照りはえて眩しかった。昭次は、旅情が湧くのを覚え、ある期待に胸がときめいた。

海の沖あいに青ヶ島の岬がほの見えて来た。船が向こう岸に近づくにつれ、岸辺を洗っている小波が白いレースのように眺められた。

船が島に着いた。島は一種盆地の恰好で、岸辺からいきなり盛りあがっていた。石ころの多い急な坂道を頂上まで登ってしまうと、眼下の海面に蒸気船の走った帯のような白い波のあとが見降ろされた。ポンポン蒸気の音がかすかに響いてくるほか、全く列車の汽笛も聞こえない、静かな、平和な島だった。

——この島にお菊の死骸が横たわり、そんな哀しいことが潜んでいようとは、それは夢にも想像されなかった。

頂上の平坦部には花をつけたソバの畑や、甘藷《いも》畑が連なっていた。ソバと甘藷がこの島の産物らしく、それは何処迄も続いていた。昭次はその畑中の小径をいくらか折れ曲がったところで、漸くひとにぎりもあろうという村落に差しかかった。畑の隅などに、あちらこちらと点在する住居は、どれもが一様に貧弱だった。家の軒下にはイリコを干した莚などが無造作に散らばっていた。そして殆んどの家の周囲にも幾本かの樹木が立ち並び、梢が屋根につかえるほど繁っていた。

お菊の家は樹木の繁みに囲まれ、傍らに色あせた白壁の土蔵があった。昭次は樹葉をくぐるようにして、家に通ずる木戸口を通り家の前に出た。ご免下さい、と彼は古びた表札を確かめながら声をかけた。家の中はうす暗く、がらんとしていた。大きな米櫃《びつ》や、臼《うす》が庭いっぱいに据えてあり、葬式だというのに人一人いる様子ではなかった。彼は不思議に思った。やがて奥の方から、はえー、と歯の抜けたような声がした。と、ぎしぎし床を踏む音がして、老婆が現われた。腰がひどく曲っていた。老婆は昭次を見ると、その見なれない姿に、ギョッと目を見張るようにした。

「何か用がありますんかい？……」

「こちらは、お菊さんのお宅でしょうか」

「はえ、私がお菊の母なんじゃが……葬式においでじゃったとかい。お菊の葬式は村役場でやってくれるちゅうでなア、今みんなそっちへ行っとりますけん……でもあんた様は一体？」

「はァ、僕は健造の身内の者ですが、この度はお菊さんがお気の毒なことに」

と昭次は、父の名をいってくやみを述べた。老婆は、彼が健造の肉親だと聴くと、一瞬、隠しきれない本能的な嫌悪の色を浮べ、複雑に顔を歪めたが、急に思いなおしたように表情を殺すと、いかにもとりつくろったように、

「まァ、そりゃそりゃ、こんな遠いうちさんようおいでじゃった」と笑顔になった。

老婆は、昭次を三間しかない一番奥の部屋に案内するのだった。お客用の座敷らしかったが、畳がひどくいたんで、天井がくすんでいた。床の間にはお菊の位牌があった。位牌を背にして、古い額縁に納まった写真が置かれてあった。お菊の生前の写真らしかったが、昭次

には、はっきり判らなかった。

「まだ何も拵《こしら》えておりませんでな」

と老婆は詫びるように云って、うす黒く汚れた盆の上に載せた茶を差し出した。お茶には砂糖が溶かしてあった。田舎では、珍客にはこんなもてなしをするのかと、昭次は老婆の親切がほほえましかった。彼は茶をすすりながら感慨深げな視線をお菊の位牌の方に向けた。

と老婆も昭次につられるように位牌の方を仰ぎ、じっと哀しげに見守っていたが、あれもなァ、とうとう死んでしもうて、と溜息まじりに呟くのだった。それからは昭次が訊きもしないのに、お菊のことについて、何かと語りはじめた。

「お菊も親不孝者でしてな、あんたの家の旦那様にもだいぶ厄介かけて、そんあげくに、あんな人の嫌う病気にまでなってしもうてのち、あなた！　とうとう病院さな入ってしもうて、親も子も、めったに逢うちゅうことを許されず、とうとう狂い死にしました。やっぱり天罰ちゅうもんじゃろうな。親の云うこともきかんで、京都さん家出したりするもんじゃから。お菊があんな病気で家さん戻って来たときあ、村の人たちゃ変な目で見るし、わたしゃほんとにあんな娘をもって恥ずかしだいさい。でもなァ、やっぱりこのわたしが腹を痛めた子ですもん、我が子の可愛ゆうない者が何処にありますかい」

老婆は涙ぐみながら語った。昭次は黙ったままお茶をすすっていた。

――お菊の葬式は、村役場の指示で行なうことになっており、それに夕刻が出棺だと老婆は云った。昭次は、それ迄にはまだだいぶ時間があったので、家の中はむさ苦しいだろうと云う老婆の口添えに従うと、老婆の案内で家の裏に子供たちが作っているという涼み台の方へ行った。

樹の上には老婆のいった通り、竹を編んで仕組んだ露台が設けてあった。涼しい風が吹き上げていた。昭次は露台に体を横たえ仰向けになった。頭上に樹葉の繁みが重なって陽射しをさえぎっている。どこか遠くの木立で、季節はずれの法師蟬が鳴いていた。彼は心地よい気持になると、いつの間にかうたたねをしているのだった。

半ばうつつのうちに、彼の傍で人の気配がした。昭次が何気なく横を見ると、そこには彼と頭を並べるようにして見知らぬ少女が仰向けになっていた。彼は予期していなかったことで流石に驚いたが、半ば好奇心にかられながらそっと体をひねって少女の様子を見守った。

長い睫の瞼が軽く重なっている。白い額には木洩れ陽が映っていた。胸が静かに息づいている。

——こんな島の中で、何と美しい少女だ。

やがて少女は目を開いた。うっとりと見入っていた昭次は狼狽したが、少女は上半身を起こすと、

「あんた、健造さんの息子さんでっしゃろ、今日来やはったんか……、海が荒れていやはりしまへんでしたか」

とあどけなく、いくぶん島訛りのする京弁で云うと、最初から親しかったものに対するように、じっと正面から昭次を見つめるのだった。

「うん、今日来たんですが……、あんたは一体？」

「私？　私、美代やわ。あんたの妹や。ばァちゃんから聞いたんどす」

美代はクク……とあどけなく笑った。昭次は不意打ちを食らって唖然とした。少女はお菊の娘だったのだ。彼はお菊に女の子が居たと云うことは知っていた筈だが、いざ逢ってみて、また思わぬ出会い振りに全く面くらうのだった。

——美代はこの島にお菊とやってきて、数年経っていた。人なみすぐれている容貌も、お

菊にそっくりだった。ともすれば母親の病気がそのまま体の血に混っているのではないかと危ぶまれた。特にお菊の父なし子として他所からきた美代は、村人たちからいろいろな非難を浴びることが多かった。「妾の子じゃそうな。癩病がうつるぞ」と友達や近所の人々から、そうした罵りがいつも美代に浴びせられた。美代はその為、学校の帰りなど、友達にいじめられてか、一人泣きながら帰ってくるようなことが度々あった。——

「ふうん、美代さんか……そうだったのか、あんたは、もういくつになった?」

昭次は努めて親しそうに云った。しかし彼は美代を前にして、肉親の匂いを微塵も感じなかった。努めようとしても、それは無駄なように思われた。

「私……?　十五」

ぽつりと云うと、美代は再びくるりと仰向けになった。木洩れ陽が以前のように白い額に映った。

「学校、もう卒業だね」

「うん、来年の四月」

美代は頭上の繁みを仰いだまま、目玉をくるくる廻した。

「お母さん亡くなって、さびしくないかい」

昭次は労わるように云った。

「うん、淋しい。……サミシイわ」

美代の瞳が急に曇ったように思われた。昭次は何か慰めを云おうと思って、彼女の方を見やったが、美代はもう目をつむっていた。額の白さに薄い汗がにじんでいて、木洩れ陽が溶け込むように射していた。美代は素朴に見えて、ほんとうは不幸な哀しい女なのだ。そう思うと彼は美代が余計に美しく見えるのだった。

やがて露台の下の方で、「美代のやつまた上っちょる、こん野郎」とぐちを云う幼い声がしていたが、間もなくガサガサッと樹葉の揺れる音がすると、まるで猿のような動作で見知らぬ小僧が露台のうえによじ登って来た。薄ぎたない洋服を着て、破れ目から膝小僧が覗いていた。小僧はふいにそこへ見馴れない昭次を発見すると、一瞬、意外だといった表情で、急にひるむ恰好をしたが、「だれやい」と構わず無遠慮な言葉を投げかけた。

「けん坊！　東京の人やないかね」

と美代はいつの間にか起き上って小僧を制するのだった。その言葉に、小僧はちょっと半ば判定を下すように昭次を一瞥すると、「東京の人は登ってよかと、美代は降じろよ」と自分の領分の筈であろう、しきりと意気ごんだ。

「いやや、ばァちゃんに許しを受けたんや」

美代は真剣になって弁解した。

「いや、いかん、癩病はいかん。やい！　おじちゃん、癩病がうつるぞ、離れろ離れろ」

小僧は激すると、枝をゆすりながらわめいた。

「何どっせ、けん坊！……けんの小便しかぶりー」

と美代もくるりと向きなおって、負けずに応戦した。その美代の急に表した男の子のような動作が、却って昭次に微笑えましかった。

「らい、らい、美代の癩病め、早ようあっつあん行かんか」

小僧は垢だらけの真黒い手で美代に迫った。昭次が止めようとしたがきかずに、美代の髪の毛を摑んで引張った。頭が左右にひっぱられ、髪を乱された美代は、「ばァちゃんに云いつけてやる。けん坊の小便しかぶりィ」と負け惜しみを云うと、半ばベソをかいた顔で、そこから逃げるように降りて行った。小僧はその後を見送りながら「やァい、らい、らい、美代の癩病め」としきりに耶揄していた。

美代は小僧に追いたてを食らって、家の中にでも這入ってしまったのだろう。昭次はそう思うと、傍でずるそうな目玉をきょろきょろと落ちつかなく働かしている小僧がにくらしくも思えた。


島に夕暮れが近づいた。

お菊の出棺は午後の六時過ぎになり、畑中の小路を通って林の向こうの裏山の墓地に向かった。夕蝉の鳴いている林の小径は、もうほの暗く、樹葉を洩れるゆず色の夕陽が真白な柩ににじんでいるようだった。紋付姿の親戚の人や、村人たちが柩を先頭に行列を作って歩いている中に、位牌を抱いた美代も混じっていた。美代は振り袖の着物を着ていた。夕陽を浴びてちんまりと歩いている美代の姿には、独り母の死の悲しみを一身に背負った限りないさびしさがあった。

とむらいの一行が墓地に着いた時は、木立の立ちこめたその辺りはすっかり暮靄に包まれ、もう暗かった。木の間越しに見える遠くの海が、かすかな明りに鈍く光っていた。墓地には数人の墓掘りの人夫たちが焚火をしながら柩の着くのを待ち兼ねているのだった。

やがて御経が誦みあげられ、お菊の柩は暗い墓穴へと静かに降ろされていった。誰も泣く者はなかった。無言で見守っていた。腰の曲った老婆も、そこ迄は歩行が困難なので来てはいなかった。美代だけが限りない悲しみをひめて、じっと柩を見降ろしながらたたずんでいた。無言だった。唇を噛みしめ、頬がいくぶん緊張していたが、他の者から見ると無心に思われるくらい無表情に近かった。それだけ悲しみに抵抗しているとも見えた。やがて墓掘りの人夫たちによって、柩の上に土が掛けられてしまうと、美代は最後の土を掌にすくってそのうえに撒きおとした。小さな手の白さが暗がりの中で悲しげだった。

とむらいが終ると、人々は、まちまちに帰路に向かった。昭次も家に向かう坂に沿って降りていった。あたりはすっかり夜の帳りが降りていて、まだ月の登らない宵の道は暗く、島は秋も浅いのに夜になると冷えるのだろう、昭次はいくらか肌寒く感じた。彼は、幾分か歩いたところで、先方の暗がりに人が歩いてゆくのをみとめた。それは美代であった。美代は着物の襟に頬をうずめるようにして歩いていた。

「美代さんじゃないか」

昭次は声をかけた。

「うん……」

力のない声が応じた。

美代は、とむらいの帰りらしく、流石にしおれていた。そっと労わるようにして美代に寄り添った昭次は、ふと美代の柔らかい唇から洩れてくる酒気を感じた。美代は、先刻墓掘りの人夫たちから少量の酒を呑まされていたのである。頰がいくぶん紅潮している気配で、喘いでいた。

「お酒呑んだんだね、苦しいかい」

「うん、少し。……頭が痛い」

美代はこめかみに手をあてながら悲しげに云った。母の死の悲しみをそんなかたちで訴えているといった感じだった。

夜道がいっそう暗くなり、どこまでも続いていた。昭次は、うつ向いて歩いている美代をうながすようにして、畠の中の曲折する坂道を海岸の方へ降りていった。頭が痛いと訴えた美代を潮風にあてるためでもあった。

夜の海は静かだった。海岸の処々に大きな岩が白く突き出していて、砂浜が続いていた。登りはじめた月が波間にキラキラ輝いている。沖の方には、漁火が見えていた。昭次は美代と二人でぽくぽく足のぬかるほどの砂の上を歩きだしたが、歩きながら何時の間にか美代から遅れていった。お菊のことを想いうかべたからである。

（お菊さんが、青春をはかなんだという八津代の言葉。お菊さんはきっとこの海辺をこうして歩きながらそんな感情にさいなまれたのであろう。はかなむというよりやるせない感情だったのかもしれない。）昭次にはそれが手にとるように想像されるのだった。彼はお菊のことについて、もう少しなにか訊きだせると思った。それを美代に訊いてみる気になった。ちつと見ると美代はそこからかなり離れたところの波打ち際に沿って歩いていた。昭次は足を早めて美代の後を追った。近づくにつれ、波の音に乗って唄声が聞えた。彼は気のせいかと思ったが、美代が唄っているのだった。「浜辺の歌」であった。

美代が小学校の時にでも習った唄であろう。そんな夜の海岸でいかにもふさわしかった。昭次が追いついたときには、美代は唄いやめていた。またうつ向くと、だまって歩きだした。波の音だけがざわざわと辺りに響いた。美代の胸の中は、今迄自分で唄っていた歌声による感傷が充分漂っているようであった。悲しみをかきいだいて歩いている。

「お母さん亡くなって、悲しいかい」

美代は黙っていた。美代の胸の中で、悲しみがひしひしと迫っているようであった。耐えられないというように肩に力がこもり、歩調がゆるくなると、呼吸がみだれて来た。

昭次は美代の挙動を見るにしのびなかった。昭次は労わるように美代の肩に手を掛けると、慰めるように軽く肩をたたいた。美代は感情が抑えきれなくなったのか、彼に寄りかかるようにして、胸に頬をうずめてきた。潮の香に混じってほんのりと女の髪の匂いがした。昭次は当惑した。肉親として区別する意識を失い、刹那美代に唇を求めたい衝動が起った。昭次はあわてて美代の顔を胸の中から外した。その拍子に昭次の視線はまともに美代の瞳とカチあった。彼は瞬間視線をそらしたが、明らかに狼狽していた。ただ美代は、突然そんなふうにしてかもし出された異様な空気に訝しそうな表情だった。罪がなかった。昭次は思いなおすと急に照れ臭くなって苦笑した。彼は美代の濡れた頬を指先で拭ってやると、帰ろうと美代を促した。帰りしなに浜の貝殻を拾って、そっと美代のたもとにしのばせたりした。美代は気が付かなかったようである。

その夜、海岸から帰った昭次は美代の家に泊った。

美代は、老婆といっしょに、お菊の仏壇の傍に布団を敷いた。彼は夜半まで起きていたが、美代はもう早くから寝息をたてていた。ほの暗いランプのともる灯の下で、美代は毛布にくるまりながら、こだわりのない寝顔を覗かせていた。昭次は頭が冴えてなかなか眠れなかった。遠くに聞こえる潮騒を耳にしながら、美代のことが頭について離れなかった。――父の実の娘である美代。そしてまぎれもない肉親で、それにもかかわらずこうして置きざりにされ、なおざりにされている。彼は、洋間の安楽椅子に深々と体を投げ掛けている父を想う時、それは絶対に許されてはならないことだと思った。そんな父への反抗と、淡い感傷が湧いてくるのをどうすることも出来なかった。彼はそのあげくに美代を東京の自宅に連れ帰って、庭の樹蔭がガラス戸に映ゆる洋間に美代を据え置いてみた時のことを、他愛もなく想像したりした。

翌朝、昭次が目を醒ますと、美代はいつの間に起こされたのか寝床が抜け殻になっていた。障子越しに射し込んでいる初秋の陽ざしが寝床の中の彼の眼に眩しかった。やがて彼は顔を洗うために外へ出た。美代が井戸端で洗いものをしていた。陽射しがあふれている水瓶のほとりにしゃがんで、ままごとのような仕種でやたらに水を流している。不器用にからげた着物の裾から二本のすねが覗いていた。昭次が近よると、美代は手桶に水を汲んで彼に与えながら「まだ寝ていやはったのか、寝坊やわ」と元気な声でいうと陽気に笑った。花のように顔をほころばした表情には昨夜のくらい影がまるでなかった。別人のようにさえ思われた。昭次にはそれがいくらかもの足りなかったが、何かほっと一息の安らぎを覚えた。

正午《ひる》近くなって、昭次は見物かたがた海岸の方へ散歩に出かけた。昨夜美代とやって来たところと同じ海岸だった。ひるまの海はギラギラと波間に光る陽光が眩しく、まだ夏の名残りがあった。昭次が一人海岸の方へ行くと、やがてその案内役に、美代と例の小僧とがこちらへ向かって坂道を降りて来るらしく、邪慳な声が聞こえていた。

「姉ちゃん、転んでしまうんえ、そんなにいたずらしちゃ……」

美代は坂の途中で、また小僧にいじめられているらしく、苛だたしそうに小僧を制する声が聞こえて来た。昭次が振り返って見ると、小僧は、坂道を降りているおぼつかない足どりの美代にまつわって前へ進もうとするのをはばんでは、美代を困らせていた。

「いやや、いやや、そんなにいたずらするなら帰りなはれ」

と美代は相変わらず小僧をなだめながらだめを押している。小僧はそんな美代をおもしろがって、なおさらいたずらっぽい笑いをあげては邪魔を試みていた。美代は小僧をぶって自分から避けることが出来ないらしい。美代はそれほど華奢で初心な女であった。あくまでも弱く、その弱さをせいいっぱいに身につけているようにさえ思われた。

やがて美代より一足先に砂浜へ降り立った小僧は、そこに昭次を見とめると、わァッと、うれしそうな叫び声をあげて駆け寄って来た。と見る間に波打ち際に向けて走りながら「おじちゃん！　舟に乗ろうかい」と云って付近の岩にゆわえてあった小舟の綱を解くと、こちらへ向けて舟を進めて来た。昭次はシャツ一枚になって舟に乗った。小僧は漸くそこへ坂道を降りて来た美代に向かって、「美代も乗せてやるけん来い」と特別のあつかいでもするかのように云って、美代を促した。美代は着物を脱ぎかけたが、気が進まぬのか、それとも海が恐ろしいのか、波打ち際迄やっと来ると、そのまま躊躇するようにこちらを窺っていた。小僧はいち早くそんな美代の挙動を見てとると「美代め、えずかとか（怖いのか）早よう乗れよ」と叫んで、バチャバチャ波打ち際の水をけたてて駆け寄り美代に迫った。そして半ば脱ぎかけていた美代の着物を摑んでもぎ取った。太陽の明るい反射の中で、白い胸があらわれ、二つの隆起が見えた。固いつぼみのような乳房であった。ふいに小僧が笑った。瞬間、昭次もそれを見た。あわてて視線をそらそうとして彼女の眼差にぶつかった。美代の眼もとに羞らいが浮かび頬がぽおっと赧らんだ。昭次は見てはならないものを見てしまったようで妙にきまりが悪かった。ただ彼はその時、不相応なくらい小僧を激しく叱っていた。

美代は、もう構わず舟をめがけて乗り込んで来た。小僧があやうげに舟の櫓を摑んで沖の方へ向けて漕ぎだした。船が岸を離れるにつれ、内海の半島が影を現わしてきた。波間に漂って快くゆれている舟べりでは、美代が怖そうな面持で体をまるめていた。彼女は肩まで露らわに見える袖の短い襦袢を着ている。昭次は、そんな恰好で向こうむきになっている美代の姿を背後から見守っていたが、ふと彼はその彼女の肩の辺りに意外なものを発見したのである。それは真白な素肌に焼きつくように付いていた黒い斑点であった。豆粒大のおおきさのものだったが、単なる痣のようではなかった。

何かもっと不気味な感じのものに思われた。……それは彼が癩病潜伏期にある一つの徴候を、あいまいながらに人に聴いて知っていたからである。それは最初、体の皮膚の一部分に黒い豆粒大の斑点が生じ、その部分にさわると悲鳴をあげる程の痛みを感ずるか、或いは全然感覚が判らないかの二つの種類があることだった。

昭次はじっと凝視しながら、美代の体にお菊の血がそのまま流れていて、彼女は母親と同じ病いに罹ろうとしているのではないかと、不安になった。母親の因果をそのまま背おわされたような美代の体の秘密を思い、昭次は溜息をもらした。舟が岸辺に着き、美代の体がぐらりとゆれた。顔をあげた美代が、昭次の眼つきを訝かしそうに見かえした。

昭次がいよいよ帰るという出立の朝、美代は、まだ毛布にくるまって眠っていた。外は素晴らしい初秋の日和で、陽射しが障子に明るかった。昭次はおもてで帰るための身支度を整えていた。こうして間もなく帰ろうとしているのに、美代が起きてくれればいいがとひそかな期待をしていた。美代はいくら経っても起きてくる様子はなかった。昭次はそのまままたってしまうのが忘れものでもしているみたいにもの足りなかった。そこへ畑仕事に行こうとしていたお菊の姉の静子がやって来て、

「美代はまだ眠っちょりますがね、どうします?……いっそこのままお帰りになった方が

よかかもわかりません。美代はあなたに懐いちょりましたからな、あなたにあとえするようにでもなったら、そりぁ大変ですよ」

と笑いながら云った。昭次は何故だか厭な気がした。しかしやっぱりそのまま帰る気になった。彼は身支度を終えると家を出た。最初この家に来る時通って来た坂道を、乗船場の方へ向かって降りていった。つづら折りの坂道から海が見え、畑中に初秋の光りが満ちていた。


彼がもう少しで乗船場に着くという時だった。突然坂の上の頭上で彼を呼ぶ声がした。美代であった。美代は紙包みの袋を小脇に、坂道をいっさんにこちらへ向けて降りて来る。老婆に起こされて、昭次を見送りに来たのであろう。それにしてもこんな風にして別れ間際になってふと現われた美代に、昭次ははたと心を奪われたかたちだった。美代は昭次に追いつくと、セカセカと喘ぎながら、

「ばァちゃんが、これお土産に」

と、小脇の紙包を差し出した。包の奥から干魚が覗いている。

「有難う」昭次はなぜかわびしく思った。彼は美代の頭に手を乗せて、仔犬にするように

撫でてやった。美代は押しだまり、面てを伏せた。

乗船場では出発の時間が迫っていた。彼が舟に乗り移ろうとすると、美代は思い出したように、胸元にしのばせていた二、三の魚を出して、その一つを自分の口にほおばると、

「これ食べへんか」

ともう一つのそれを差し出して寄こした。

昭次はほほ笑みながら受けとると口に入れたが、妙に潮辛かった。彼はそれを人前で噛みつづけることをためらうと、食いかけの魚をポケットにしのばせて、後向きにさよならを云った。桟橋を渡り、舟に乗り移った。エンジンがかかり胴震いをしていた舟が左右に揺れ、やがてゆるく岸を離れはじめた。

美代は桟橋に佇んだまま、じっとこちらを見送っている。食べさしの魚が口もとにくわえられたままである。

舟が徐々に岸辺を遠ざかった。片手を挙げて見送っている美代の姿がしだいに小さくなっていき、やがて見えなくなった。舟が速力を加え、舳先に押し返されていく波間に、キラキラとうすい光りがはねかえっている。昭次はもうすっかり秋だと思った。

ベレー帽

列車は、晩秋の夕暮れかかった海峡を物凄い勢いで疾走していた。

車内はひどい人混みで、むんむんする空気が充満し、揺れ動く天井から鋭い光を放《な》げている車燈の下で、私は、何か重々しい圧迫感を覚え、殆んど吐気さえ催す程の息苦しさに耐えられなくなっていた。……それは何か今にも不吉なことが起こりそうな予感に焦燥している憂鬱な感興であったかも知れない……。

やがて私は、人混みをかき分けながら、デッキのところに行って立った。思わず掴まった鉄のテスリの冷めたさが、ジーンとしみるようで、なおもスピードの加わった列車に、矢の様な風が当たっていた。私は、頬をなぶらせながら、息苦しさから一挙に解放されるのを覚え、そこにそうして暫く立ち続けた。めまぐるしく過ぎて行く外の景色の中に、はるかに見えるのは、茫漠と広がる海面の一部であろう。たそがれのかすかな明りの中で、異様な迄に美しかった。……もはや車内に入るべきだと思って、デッキから思い切り体を乗り出すようにして、最後の風を受けようと試みた瞬間、さっと私のかぶっていた帽子《ベレー》が風にさらわれたのである。帽子は、吹きちぎる風に舞い上り、一旦こちらに戻るかと思われたが、急速に方向を変えると、線路横の枯草の土手を指して降下していった。しまった！　ほんとに私はしまったと思った。

帽子はその日買ったばかりの新品のものだった。しかも私はその帽子を見つけるために、特に黒い帽子をと思っていたのに、田舎町にはそれが容易に見当たらなかったので……各店の棚をあさって、漸く買い求めていたものだった。

しかし帽子の良し悪し、必要、不必要性の軽重如何にかかわらず、私はそれを落とした瞬間から、それを拾いに行かなくては？　いや拾いに行ったものか、どうしたものかと迷い続けた。又これしきのことが、かなり辛辣に、執拗にまつわり、私を責め始めた。――それは自分でも不思議な程で、これしきのことに惑わせられている自己を理解することは出来なかった。

数分後、汽車が駅にさし掛ったので、私は当然のようにそこで降りると、線路伝いに帽子のありかを指して歩き出した。歩先に真直ぐに伸びた線路は、たそがれのかすかな明りを浴びて、異様に冷めたく光っていて、空気の肌ざわりも一層冷めたく感じられ、付近には人家もないらしく、枯草の土手が長々と連なっていた。

どうやら一キロ程も歩いたと思う頃、漸く一つのトンネルの前に来た。この先に所謂、目的の帽子はあるのだと解ったが、次の瞬間、私は完全に躊躇するものを感じて立ち止まっていた。……それは眼前に険しく迫るトンネルの穴を見たからである。穴の中に二本の線路が、スルスルと走っていて途中の闇に呑まれている。このトンネルは余程長いものかも知れないと思いながら、それでもなお、汽車が向こうからやって来やしないだろうかと注意し、そのことを確かめた上で、漸く、くぐることを決心した私は、その中に向かって突っ走り出した。五、六メートルも奥へさしかかると、妙に自分の足音のみが、ガアーン、ガアーン、とコンクリートの厚い壁に反響しだし、その上、天井から漏れ落ちる水のしたたりが、何ともいやな音をたてている。私はいつの間にかその中で歩行を停止していた。そして妙な圧迫感のもとで、先へ行ったものか戻ったものかと、暫くとまどったが、それと同時に、今にも汽車が襲って来るような錯覚と恐怖に駆られた私は、背後から追われる自分を感じて、夢中で入口に向かって引き返し始めた。入口まで来た私は、漸く恐怖の生態を自覚し、結局何でもなかったことが分り、再びトンネルの中に向かおうと云う気持になっていた。いや確かに危険の意識は去っていなかったが……何かやはり早く行け、早く行けとしきりに私を責め立てている別な私があった。とうとう私は、二度目の進行を試みたが、やはり五、六メートル程中に突入したところで躊躇し、引き返して来た。かように私は躊躇しては引き返し、試みては躊躇し、同じことを二、三回繰り返しているうちに、段々と不安と焦燥がつのり、そしてその不安と焦燥が交錯するうちに、次第に自分でない自分になって行くようだった。

私は自制しようと努めながら、煙草に火を付けるため、トンネルの入口でゆっくりとマッチをすった。赤い火がボーッと音をたて、一瞬あたりの暗闇をてらした。

……と私はトンネルの上の方に伸びた、一本の草深い小径を発見していた。この路を行けば、或いはもっと簡単に越せるかも知れないと、そうした判断がはっきりしない中に、もう私はその小径を伝ってよじ登りはじめた。

夕闇は次第に迫っていたが、まだ幾分か明るく路の見分けだけはつくのだった。漸く登り切ったと思うころ、小径は意外なところで尽きていた。そしてそこからは一面の畠となっており、先方には防風林らしい立木が茂っていた。辺りに風の気配はあったが、樹々はそよとの動きも見せず全く静止している。何かここは別世界のように思われた。そして私だけがその中で独り生きている唯一の動物のようで、とりつくしまのない不安なさびしさに襲われた。それでも私は穴の中を前へ進みながら、もはやトンネルの向こう側に出るだろうと、そればかりを唯一の救いにさまよった。しかし進路は段々怪しくなり、どうやら私は路を迷ってしまったらしいのだ。それに気が付いたときには既に遅く、引き返す道ですら分らなくなっていた。

とうとう私は一面に薯蔓《いもづる》の生えた畠の中を、それにからまり幾度かつまずきながら、夢中でさまよいはじめた。もう全てに絶望だと思った時、急に得体の知れない恐怖が胸を襲って、持病の心悸亢進《しんきこうしん》が発作を起こし始めたのである。全身の血管が委縮し、見る見るうちに身体から血の引くのが自分でもはっきりと分った。私は畠の中に折座すると、草の中に深く顔を埋めて何ものかに祈った。――それは無限に救いを求める気持だった。

快復しかけた自分を起こそうとして、顔を上げた瞬間、ふっと墨のように真黒いものが眼前に迫っているのを見て、思わず私は、強い衝動で声のない叫びを上げていた。――とたんに恐怖の底に追い込まれ、ギリギリになった私のとまどいが、声のない魂の叫びを発したのである。――その黒いものが私にはっきりと、畠の直下に直接に広がる海の色だったということが分るまで、かなりの時間がかかった。とにかく私は、この海の色を見たときの衝動によって、今迄の迷い、不安、焦燥、そういうものを一応超越し、本然の自分に戻っていた。

それからは、自然《おのず》と、引き返さなくてはならないという自覚が生まれ、今迄見失っていた、小径さえもが容易に見つかった。

小径を伝ってトンネルの入口迄来た私は、以前とは全く変った冷静な気持でトンネルの穴を眺めることが出来た。そして今迄帽子にあれ程執着していた自分が、滑稽で信じられない気持だった。と云うのも、私は帽子を拾うのが目的であったにもかかわらず、何時の間にか帽子のことが頭から消えていて、目的のない意味の分らないことにしきりと責められていたからである。所謂帽子に対する未練、そんなものはとっくに消えていたので、私はそれを拾って帰る義務も、拾うことの出来なかった残念さも感じなく、真直に引き返しはじめていた。そしてトンネルに背を向けた時、物凄い轟音とともに、その中から汽車が出て来た。私はとっさに飛びのいて、すれ違う汽車を見送ったが……全く自然な気持で、当然さながらにそれを見送りながら、何時迄も何時迄もつっ立っていた。

帰りの道はもう真暗で、晩秋のさえた夜風が身にしみて冷めたかった。駅の近くに来た時はすっかり体が鳥肌だっていて、ぞくぞくと寒気を覚えた。何か温かいものをと思って、通りすがりの一軒の茶屋に入っていった。やがて運ばれた熱い茶をすすりながら、じっと家婦《おかみ》の顔を見つめていると――その時私はきっと自然でない表情をしていたのであろう――。

「冷えますね」

と家婦は何か試みるように気のない挨拶をした。

「……」

私が黙っていると、家婦はいっそうけげんそうに「兄さんどうなすったの」と云った。

「ええ……なーに帽子を拾いに行ったんですよ……トンネルの向こうに……」と私は漸く返事をした。

「へえ？帽子を……」

「…………」

「そして有りましたかその帽子」

「……いや拾って来なかったんです……トンネルを越そうと試みたんですがね……馬鹿なことをしました」

と私は吐き出すように云った。そしてもうそのことに付いては語りたくなかったが、次第に興味を傾けて来た家婦に対して、私は仕方なく、トンネルを越そうと試みたことについ

て、不得要領のままに語った。すると家婦は、

「はア、そりゃ危かったですね、確かあの長いトンネルでは、二、三日前、人が死にましてね、それが二人も一緒にですよ、あなた」

「心中と云う奴でしょう」

「そうです……だからきっと魔がさしたんですよ。それにあそこのトンネルではよく人が死ぬんですよ。今年になっても、もう三回目ですか、去年なんかは、やはりあそこのトンネルへ終列車がさしかかると定まって幽霊が出たそうでね。新聞にも載りましたよ」

と私が默っている様子に、すっかり自分の話に興味をうばわれて聞き入っているものと思った家婦は、多少愚劣でこうるさいこの話を続けざまに語り出した。しかし私は全く別のことを考えていたのだ。例え味気ない家婦の話でも、トンネルをくぐろうとして迷った私の態度に結び付けて考えれば、やはり何かの不思議が生れそうだったが、待てよ、その家婦の話と(例えその話が事実であっても)私がトンネルを前にして迷い続けたこととは、別に何の関係もない。ましてそれを対象とするにはあたいしない。私は家婦の話をうるさく感じ出したので、早速テーブルの上に金貨を置くと外へ出ようとした。するとそれを追っかけるよ

うに「でもまア貴方は御無事でようござんした」と云う家婦の言葉が降って来た。この言葉はがくんと私を捕えたようだったが、早速思いなおして逃げるようにそこを出ると、丁度ホームに入って來た汽車に飛び乗った。

ガラ空きにすいた汽車の一隅に腰を掛けると、もうすっかり闇に包まれた窓の外を眺めながら、私はただ意味の判らない、然しそこに深い意味がありそうな……深い留息をついていた。

春日

――これは五十才になる或る男のこと（モデル）である――

わたしはひなたぼっこが大好きである。またわたしの毎日の日課の一つでもある。日頃病弱なわたしは、或る医師から、アナタの病気には日光浴が最適ですよ、と云われていらい、もっぱらわたしはそれに努めている。

特に日光のこいしい小春日和や、陽春の日などは、何故だか日光浴をするのが、わたしの余生に与えられた唯一のしあわせのように思われてならない。

わたしの書斎は西向きで築山の植込のある所に面している。もちろん寝室も一緒である。朝の元気のよいうちは、どうにか寝床を抜け出し、枕元にある机に向かうのだが、午後近くになると頭の疲れと共に、体に疲れがくるので、間もなく寝床の中に倒れるように這入ってしまう。やがて午後もたけて、西陽が書斎の窓を通して入り込む頃になると、わたしはそろそろ寝床を抜け出し、今度は書斎の縁側へと移動する。西陽のいっぱい射した縁側には、たいてい布団が干されている。椅子が一脚用意するともなく置いてあるのだが、わざとわたしは椅子には掛けないで、干されてある布団の上にからだを伸べる。またその方がずっと安楽である。

一日のうちでここまでくると、わたしは、まるで猫のように目を細くして、陽をまともに浴びてくつろぐ。時にはうとうととまどろんだりして昼寝をしたりする。いつだったかすっかり寝入ってしまって、陽が暮れて真暗くなるまでそのまま気がつかないで居た。しかしそんな時はまれで、たいがいは頬杖などついて、じっと庭を眺めたりしている。庭といっても雑草ばかりで、別段立派な庭とはいえないが、それでも昔はよかったとみえ、敷石の整った中に、円く刈り込まれたツツジや、梅の木や、桜の樹などがあって、周囲には梨の生垣をめぐらし、一応は輪郭の整った庭であったことを示している。このように以前は、ハナヤカであったろう庭も、今では池の水も枯れ、植木も伸び放題に伸び、雑草という雑草が庭一面を埋めつくしてしまつ、ただ配列の整った敷石だけが、青々といにしえの苔をつけている。

こうして、私は何時も同じ庭を眺めているのだが、決して飽きたり、興味をなくしたりはしない。わたしはむしろ、荒れ放題に荒れこんなになっている庭を大変愛している。庭は一つでも日々に変化しているのだ。私はひなたぼっこをしながら茫然とではあるが、飽かず眺めている。

或る日、いつものように頬杖をつきながら庭を眺めていたわたしは、ふと、雑草の中を駈けまわっている一匹の小動物を発見した。よく見ると、茶褐色の野兎である。しかもまだ幼い小兎のようだ。暫く観察するように視つめていたわたしは、妙に子供のような好奇心が湧いてくるのを覚え、そのまま縁先にあった下駄をつっかけると、そうーっと兎の方へ近づいた。すると先方でも気がついたらしく、まもなく兎はピョンピョンと跳ねる恰好で、一、二間遠ざかった。わたしはなおも、息をこらしてしのび寄った。わたしが大きな手を拡げ、兎の頭に振りかざしたとき、兎は素早くきびすを返し、今度はすぐ横にあった土管（池の水をかつて引いていた管）の中に這入り込んだ。わたしはとっさにしめたと思った。土管の出入口を両方から挾み打ちすれば、間違いなく捕えることが出来る。わたしは手伝ってもらう相手の必要を感じ、さっそく妻を呼んだ。

そそくさと台所の方から出て来た妻は、どうなすったの?と半ばおどろきながら、庭の雑草の中などに身構えているわたしの姿を見て笑った。

「しーっ……」

わたしはかすかに兎だ、兎だ、と応え、自分でもおかしなほどマジメな顔をした。

わたしが土管の入口を竹でカタカタやったら、間もなく兎は妻の方へ出て来た。妻は必死で摑まえた。彼女は、やられちゃったと無邪気に応えて兎の爪にひっかかれた手を見せた。妻の白い手に、すうーっと一筋の血が鮮かににじんでいた。それでも妻は大変喜んでいるらしく、大丈夫かとわたしが問うと、ううん、何ともないの、このウサ公ったら、あばれるんですもの、と陽気に笑いながら応えた。こうして兎を捕えてみると、わたしは余りにも自分の趣味が子供子供していたのに気がつき、ちょっと照れ臭かった。ただ例の若い妻だけが、さも大事そうにその小動物をもて遊んでいた。

「おい、兎は放してやるか」

とわたしが、無愛相に云うと、妻はおどろいて、

「まアーっ」

と尻上りの口調で、不服そうにわたしを視つめて笑った。

妻は年令も、わたしとは相当の差がある。どうかした時には、妻を自分の娘であるような錯覚を起こす。一つにはわたしがこのように病弱であり、健康なときの若さと、堅固なところを失くしてしまった所為でもあろう。しかし妻は大変わたしを愛している。それでいて何となく妻が哀れであるように思われて気おくれさえする。が、妻は大変楽し気に、満足そうにわたしについてきてくれてしあわせそうである。

わたしには二人の女の子がある。それは先妻の子供なのだ。先妻が亡くなると、その妹にあたる恵美子がわたしの後妻として迎えられ、現在の妻となったのである。その上恵美子は大変美人でもある。わたしはひくつさを感ずることが時たまあった。

先妻の幸子がまだ生きていたとき、恵美子はよくわたしの家に遊びに来ては、家事の手伝いをした。

「恵美ちゃん、あんたもう二十になったわね、もうそろそろお嫁に行く頃だわ」

などと台所の隅でさとすように幸子が云っていることがよくあった。恵美子が黙っていると、

「女のしあわせってね、ほんとうは結婚できまるものよ、恵美ちゃん、どんなお婿さんが好きかしらね?」

「やアだわー、姉ちゃんたら」

と云って恵美子はただ笑っていた。

「お馬鹿さんね、恵美子ちゃんたら、もうあんたくらいの年頃だったら、結婚のこと考えるべきよ、……姉ちゃんが若い頃はそりゃ考えたものよ」

幸子はよくこんなことを云っては、性格的におとなしい、無欲な恵美子を諭していた。一方恵美子の方では、姉ちゃん、赤ちゃんおんぶしましょうか、などと云っては、姉にかわって子守りをしたり、おむつを代えてやったりして、余程子供が好きなのか、普通若い女が厭がるようなことを好んでしていた。

幸子が亡くなって、先方の親から、わたしの再婚に就いての話が持ち上り、その相手が妹の恵美子であったとき、むしろわたしは親の云いつけなりに納得した恵美子を不思議がったくらいだ。恵美子の美しい花嫁姿を目の前にして、わたしはよろこびよりも、むしろひけめの方を多く感じたものだった。

こうして恵美子がわたしの妻になってから二年たった。わたしはたまたま激しい良心の呵責に責められ、いいしれぬいらだたしさを感じてくると、

――おい！　恵美子、おれは間もなく五十の年を迎えるんだぞ、人生も終りに近づいた五十男だぞ、おまえは後悔しているだろう。おまえは一体どうしておれのようなオイボレとなんぞ結婚する気になったんだい。結婚のありかたに就いて、いやそれよりも女の幸福について一度だって考えたことがあるのか……。

と思わず怒鳴りつけたい気持になるのだった。そしてこうした衝動にかられながら、キッとなって恵美子の方を見ると、彼女は不思議そうにわたしを見返して、どうなすったの？と背中の子供をあやしながら、およそ無感覚な表情をしている。わたしはそんな恵美子の表情を見ると、いやー何でもないんだ、とこともなげに笑ってしまうよりしかたがなかった。すると妻は安心するように、おとうちゃん！　さっきお隣りの小母さんが、この子供、姉ちゃんより私に似てんだって、などと云って笑い返すのだった。

妻は台所の方に戻って行った。放してやった兎は、まるで帰り道でも忘れたのか、キョロキョロ、そこら辺りを見廻して跳ね廻っていた。わたしは、再び縁側に戻ると、布団の上に横になり、日光を浴びて、例のように頬杖をついて庭を見るともなく眺めはじめた。午後も大方過ぎた陽射しは樹葉に白く光ったり、暗くかげったりして光の折りたたみを作っている。

「おとうちゃん！　お夕飯よ」と云って妻の柔らかい手が、わたしの肩を揺すっているのに気がついて目を醒ました。トッポリと太陽の沈んだ西の空が紅に染まって、夕闇が庭一面にたちこめていた。夜気がヒンヤリと感じられ、東の空には月が昇りはじめた。

わたしは夕飯を済ますと、いつものように寝床に就いた。子供をねかしつけた妻が枕のもとに来て、ひるま干していたおむつや、シャツの洗濯物をたたんでいる。ひるま縁側に干していた布団にはまだ日光のぬくもりが残っていて心地よかった。

「恵美子！　もうおやすみ」とわたしが云っても、妻はなかなか応じようとしなかったが、いつの間にかわたしの背後に寝たのであろう。布団がとっても暖いわ、と云っていた。見ると妻は布団に深くうずくまりながら、ニッコリ笑った顔を半ばのぞかせていた。それは如何にもアドケなかった。

暫くすると、寝息がかすかに聞こえはじめている。ねむったのかな、試みに声をかけてみたが、妻の返事はもうなかった。

夜が静かにふけて行く。どこかで急に大きな物音がした。ねずみだなア、わたしは独りそう想いながら枕をただした。

日の丸は輝いていた

僕は、国民学校の頃を思いだすと、どうしてか日の丸の旗が目に浮かんでくる。青い空にほこらかに波うたせ、ヘンポンとひるがえっている輝かしい日の丸の旗。こんな光景がまっさきに記憶の底から甦るのだ。

僕たちは、国民学校の校庭にそびえる国旗掲揚塔のもとに整列し、教師たちの遅い訪れを待ちわびていた。頭上には日の丸がほこらかに波うっていた。やがて教師たちが現れると、朝礼台に上がった校長から重大発表がもたらされた。

「日本帝国は遂に立ち上がりました。堪忍袋の緒が切れたのです。米英を相手の戦争が始まりました」

校長の声は感動に震え、言葉はうわずっていた。僕たちは校長のただならぬ目の輝きに圧倒され、とまどった。しばらくすると校長は自分の訴えが予期に反して、余り大きな反響を呼ばなかったことへの不満もあってか、

「遂に日本はやったのですぞっ、皆さん！」

と一層の感動をこめて絶叫した。一瞬辺りは咳ばらいする者もなく静まりかえってしまっ

た。そして僕たちは校長の気迫に圧倒され、目をパチクリさせた。風をはらんだ日の丸の波うつ音が妙にはっきりと聞こえた。

校長の訓示が終ると、僕たちは三三五五校庭から散り、それぞれの教室にはいった。

「皆さん！　わが帝国海軍は真珠湾を攻撃し、大戦果をあげました。しかし勝ち誇って油断をしてはいけません。戦争は始まったばかりです……」

クラス担任の女教師は、校庭で校長が言ったことをくりかえすと、いつのまに用意していたのか、これまで見たこともない大きな世界地図を黒板いっぱいに広げた。そして竹の鞭を振りかざしながら――この竹の鞭は、ことあるごとに僕たちの頭上をかすめ、僕たちを悩ませたいまわしい鞭だった――「ここが小さな島国の日本。あれが地球上で一番大きなアメリカ。皆さん、この小さな豆粒みたいな日本が、あのばかでっかい米英を相手に挑みかかったのです。すばらしいことだとは思いませんか、蟻が巨象に立ち向かったように勇敢なのですよ皆さん！　ボヤボヤしていてはいけません。わが一等国国民は……」といった調子で、この戦争がいかに正当で、かつ純粋なものであるかなどを、ひときわ熱っぽい口調で弁じたてた。――後日この理念は〈聖戦〉という名のもとに広く国民の間に流布した――そしてその貧しい知識をひけらかして、僕たちに是非もない共感を強いた。自分の言葉にすっかり興奮してしまい、ほんのりと赤らんだ女教師の頬を見ていた僕は、ふと猥雑な思いにかられているのを覚えて狼狽した。

見ると、女教師はそんな僕の思惑にかかわりなく、ますます陶然となり、紅潮した頬を振り振り、熱っぽく弁じ続けている。おそらく女教師の内部では、戦闘機が乱舞し、白波をけたてて進む軍艦の雄姿が思い描かれていたことであろう。

このようにして僕たちの日常は容赦なく、戦いの濃い霧にすっぽりと包みこまれていった。そして一時間目の授業も、二時間目の授業も戦争の話で満たされ、翌日もその翌日も授業中や休み時間を問わず、話題といえば戦争のことばかりだった。勿論学校の内外を問わず、その活発な話題は村々を占有した。ふと通りかかる町や村の一角からはラジオを通じて流れてくる軍艦マーチが、華やいだ空気をかもしだし、――人々の心をよぎる軍靴の響き、にぎやかな旗の波、といったこれら戦いの彩りともいうべきものによって、静かな村は急激にある種の変革をとげていった。

僕には妙な癖があった。何かの事件に遭遇すると、学校の授業が終るのももどかしく、あたふたと家路を急ぎ、自分の部屋に閉じこもってしまう癖だ。開戦の日もそうであった。しかし開戦の時だけでなく戦争が始まってからというもの、独りじっと部屋の中にいても何かこれまでとは異った心の高鳴りを感じるのだった。いわば奇妙な好奇心をもてあそぶように、変に楽しんでいる自分をそこに見いだすのであった。この傾向は僕ばかりではなかった。開戦の日以来、教師や村人たちは異常なほどはしゃぎだした。そして彼らは一様に興奮し、日常の動作も活発になり、村全体が騒々しく鳴り響いた。戦争というものは人の心をはずませるようである。それは同時に〈連帯感〉〈団結心〉といった種類のものをつちかい、突然彼らをこれまでになかった強力な意志の持主にしたり、日頃よそよそしかった人たちまでが急にうちとけ合い、人々をまったく別人にしてしまうのだ。やはり僕も、そのひとりであろうか、いやそのほかに僕には何か〈不安へのたのしみ〉といったものが芽ばえ、それは僕を幸福にした。同時に僕の内部では、ある不純な期待がふくらみはじめていた。それは事件への好奇心といおうか、ひとつの破壊心理のようなものだったかもしれない。ともかく僕は地の底から遠い雷鳴のように湧いてくるかすかな不安、そんなものをひそかに愛した。

僕は地震などにはことのほか敏感で、恐怖心も旺盛であった。人々を根底からゆるがし社会機構をめちゃめちゃにし、すべての人々を恐怖におとし入れないではおかないであろう、あの地震や台風を期待した。予告もなく突然襲ってくる地震に狼狽しながらも、それが中途で止んでしまうと、ふと裏切られたようになり、次にまたより大きな震動が襲ってくることを期待せずにはおれなかった。

僕にとって開戦のニュースは、この地震の予告のようなものであった。現実には何らの変化も認められないというのに、辺りを包みこむ空気だけが妙に引きしまって感じられ、戦争はそこに現存した。教師をはじめ村人たちも、自分が直接戦闘場面に出会ったり、飛来する敵機をそこに見たというわけでもないのに、口々にこの戦争は、大国相手の容易ならぬ戦いである。敵として不足はないが、油断せず頑張ろう。と戦争参加への巨大な意志をひけらかして、さも戦いの主役は自分たちなのだといわぬばかりに、もっともらしく鼓舞した。

村人たちや教師や両親のこのように大げさで勇み立つ様は、その根底に僕が孤独の部屋で待ちのぞんだ、さまざまの不純な期待と同質なものを宿し、それらが彼らをあのように駆りたてているのであろうと、僕は考えるようになった。

日本軍は快進撃を続け、文字通り勝ち戦の連続であった。これに気をよくした人々の顔は一様にほころび、戦果のニュースはこのうえなく明るい話題として村々に満ちた。しかし僕の身のうえにはひとつの困ったことが持ち上がっていた。それは授業時間に戦果のニュースをつぶさに把握させられる結果になったからだ。○○洋上において、敵の戦艦や空母が何隻撃沈され、または大破炎上したとか、僕たちはいちいち知らなくてはならなくなった。そして、これらの戦果を知らなかったり間違えたりしたら、ひどいおしおきが僕たちを待っていた。教師たちは、僕たちに教科書を読ませるとか図画を描かせることより、戦果のニュースを把握させることに狂奔した。かりにも僕たちが教師たちの期待を裏切り、戦果のニュースに無頓着であったりすると、さっそく非国民呼ばわりにされ、この非国民のレッテルをはられると、犬猫にも劣る存在として徹底的な制裁を受けた。

僕は戦果が報じられる度にますます体を小さくした。あの屈辱に満ちた竹の鞭がいまわしいのだ。僕は開戦当初にこの憎むべき竹の鞭の洗礼を受けたことがある。それは、イギリス海軍の不沈艦といわれたプリンスオブウェルズとレパルスが撃沈されたというニュースに、学校中がわき立っていた時のことである。

「昨夜の大本営発表で、わが海軍航空隊によって轟沈された敵の大型戦艦の名前を言ってごらん」

と指命された僕は、どうしたわけか、レパルスのことをパカルスと言ってしまった。すると女教師の持つ竹の鞭が、海渾航空隊の飛行機みたいに素早い運動を見せたかと思うと、僕の脳天目ざして降りてきた。やがて女教師は、「バカモノ！」と男のように一喝すると、僕を国民的戦いのメンバーから完全に追放してしまった悦びを露骨に示し、妙に満足していた。

僕は反抗する気力もなく悄然となった。そしてあの青い空に波うたせ、ほこらかにひるがえっている輝かしい旗からも背を向けられたように思い、妙にもの悲しかった。戦争の話で教師に叱責される度に、僕は大きく誇りを傷つけられ、その都度、小さな胸が痛んだ。

そのうちに僕は戦果があがらないことを祈るようになった。しかし、そのような小さい願いとはうらはらに、戦いは日を追って勢いを増していった。新たな戦果があがる度に、教壇で凱旋将軍のように胸を張って、「わが帝国海軍は……」と黄色い声をはり上げながら、われを失っている女教師を見ていると、僕はふと帝国海軍というものは、この女教師のようなものだろうかと変な錯覚を起こしかねなかった。

やがて教室の中には、さまざまな戦争の資料が持ち込まれるようになった。なかでも特殊潜航艇で華々しい戦果をあげたという〈九軍神〉たちの写真は、教室の正面に飾られ、僕たちは毎日拝観させられた。そして何かことあるごとに、「この軍神たちを見習いなさい」と、引き合いにだされてはいましめられ、僕たちの無邪気な悪戯は若芽を摘むように無惨に摘み取られた。

教師たちはこの軍神の話をする時、きまって神聖このうえもないといった表情を露にする。そして僕たちの悪戯に満ちたほこりっぽくうす汚れた顔を、何かけがらわしいものでも見るように軽蔑のまなざしで見るのが通例であった。

ある寒い朝のことだった。

教室の隅で震えていた僕は、遂にこの恐るべき軽蔑のまなざしに出会って、「加藤君、前へ出て来たまえ」と呼びつけられてしまった。そして僕はたくさんいる級友の面前で、さらしものにされ、ひどい侮辱を受けなければならなかった。その寒そうな態度は、日本男子として恥ずべきだ、と教師は言い、更に今頃は戦地の兵隊たちが命がけで戦っているというのに、君の寒そうな態度は戦地の将兵たちに申しわけが立たぬといったようなことを言われ、さんざん罵倒されたあげく、僕は校庭を三周も走らされてしまった。

この種のいまわしい仕打ちは連日続き、級友のだれかがその犠牲となった。学習態度が悪いといっては、前線の将兵が引き合いにだされ、もの覚えが悪いといっては罵倒された。しまいには、昼食のオカズにまでけちがつきはじめた。

竹で出来た四角い弁当箱の白い飯の中ほどに、赤い実の梅干しを入れた弁当のことを、当時は〈日の丸弁当〉といったが、時局にふさわしいこの種の弁当を持参した者は賞賛された。

教師たちは昼食の時間になると、生徒たちの弁当をいちいち検分してまわり、かりにも魚や卵などの贅沢なオカズを持参している者を見つけると、そこに敵艦でも発見したかのように非難した。しまいには、僕たちの方から自発的に、「先生！　だれそれ君の弁当は日の丸弁当ではありませんよ」と告げ口したり、これとは反対に、「僕の弁当は日の丸弁当です」と、いったふうに得意がったりした。

このように、戦時社会ともいうべきものが生んだ僕たちの生活は、数々の奇妙なエピソードを生むに至った。そのエピソードのひとつに、僕は次のようなある衝撃的な光景に出会った。

それはおだやかな初夏の日のことであった。

その時僕たちは、町はずれの海岸まで遠足にでかけていたと思う。快い海風を受けて、潮の香に満ちた海辺で遠足の弁当を開いて楽しんでいた。そこへ突然どこからともなく兵隊たちの一団が現れた。彼らはそれが権力のしるしのような腕章をつけていた。やがて太い号令がかかり、兵隊たちは僕たちの眼前までやってきた。多分休息を思いついたのであろう。ここまでは別段僕たちを驚かすようなことはなかったが、次に展開された予期せぬ出来事がすっかり僕たちをおびえさせた。兵隊たちの上官らしいひとりが、

「だれだ！　あそこでボートに乗って遊んでいる奴は……」

と怒声を浴びせた。兵隊の言うように、初夏の陽ざしに輝く波の上に一隻のボートがのんびりと浮いている。よく見るとボートには一組の若い男女が乗っていて、のどかな海を満喫しているようであった。

当時の風潮として、未婚の男女がなれ親しんでいる様は、不道徳な行為として罪悪視され

る傾向があった。いわば恋人たちの非常時に相応しからぬ大胆な行為が、兵隊の怒りをかったのであろう。

「――けしからん。だれか、あの非国民を舟から引きずり降ろせ」

と怒鳴ると、その命令を受けた別の兵隊によって、まもなく貸しボート屋から別のボートが用意され、沖合にただよっていた恋人たちが追跡され、やがて兵隊たちの面前に引っ立てられた。

「自分たちは町のいかがわしい風俗や、スパイを取り締る憲兵だ」

と、兵隊は威圧的に言うと、

「君たちは真っ昼間こんなところで何をしている。国民の皆が命を賭けて戦っている非常時に、そのいかがわしい態度は一体どういうつもりだ……」

と、荒らげた口調で叱責した。恋人たちの男性の方は、二十才前後の若い学生のようであったが、恐怖に委縮している女性の方とは違って、この場に悪びれる様子はみじんもなく何かの口答えをしていたようだ。

すると「この非国民の恥知らずめ」という怒声と共に、憲兵と称する兵隊は相手を殴り倒していた。口元の辺りに赤い血を滲ませ、砂の上にみじめに体をよじらせて倒れた彼は、権力の前にはどうすることも出来ないでいた。

僕たちの視線がいっせいにそこへ集まり、それを意識した憲兵は、さすがにきまり悪そうに、いかつくしかめた顔で、他の連れの兵隊たちと共に立ち去ったが、恋人たちの屈辱にゆがんだ様がそこに取り残され、青い海を背景に、一点の染みのように映った。

僕たちは眼前で生じた異変に、何か割り切れないものを感じていっせいに口を閉ざしていたが、級友の幾人かが、屈辱でうす汚れた恋人たちに向って、しきりに砂をつかんでは投げかけていた。しかし、引率の教師たちはこれをあえてとめようともせず黙認していた。

このように意味もなく残忍になろうとする妙な心理が人々の内部には蔵されているようで、そのことは村に米兵の捕虜が出現した時、もっとも顕著なものになった。対空砲火によって傷つき墜落した敵機から落下傘で降りたアメリカ兵のひとりが、村の自警団によって取り押さえられたことがあった。

米兵はとりあえず憲兵の到着まで、村民の牛舎につながれた。村人たちは、この憎むにあまりある米兵の姿を一目見ようとかわるがわる牛舎に殺到した。もの珍らしさもあったが何よりもいまわしい敵兵に小石のひとつなりとぶっつけて、腹の虫をおさめ溜飲をさげようとした。そして獣のにおいのたちこめたしめっぽい牛舎の一角で、僕はこの哀れな米兵を見ることができた。

かの米兵はどこかひどい負傷をしているらしく、傷の痛みに堪えかね、毛むくじゃらな胸をはだけたまま荒い呼吸をしていた。

「おお、生きているぞ！　こちらを見たぞ」

と僕たちはこわごわ覗きながら奇声をあげた。

子供たちに危険が迫るのを防ぐかのように、番人のひとりが身じろぎする米兵の肢をけって牽制する度に、僕たちはおもしろ半分に奇声を発した。

しかし、米兵の青く澄んだ羊のようにおどおどした瞳を見た時、僕はなぜだか期待がはずれたことに気がついた。日頃、鬼畜米英といって恐れられ侮どっていた想念とは似ても似つかないもので、僕はちょっと奇妙に思った。

ある時、級友のひとりが南方で戦っている父から手紙がきたことを告げ、その手紙の内容を語ったことがあった。話によると彼の父は凱旋する際、米兵の首をたくさんお土産に持参するから、おまえたちも楽しみに父の帰りを待っているようにとのことであった。

その時僕は、米兵の首が一個二個と気安くあつかわれる単なる椰子の実か何かのような印象で、血のしたたるいまわしい生首といった実感がついぞ湧かなかったことを思いだした。丁度そのようにこの米兵の青くて意志をたたえた目を見た時、僕は彼らもまた自分たちと同じ生きものだったという確証を得、何か裏切られたように感じた。

海辺の恋人たちや、捕虜の米兵は戦時社会の異常な目で見ると、もはやまっとうな人間としては見られていなかったのだ。常識的には人々を残忍な行為に駆りたてたかのように見えたが、それは彼らにとって日常茶飯事に行われるごくありふれた当然な行為でしかなかったのだ。彼らは例えば、はた目には残酷に見える行為であろうと、それがひとたび正義の名のもとに正当なことだとして容認されると、例えそれが正常では考えられないような行為であっても、何の躊躇もなくこれを断行した。

さて僕たちの学校に若くて美しい新任の女教師が赴任してきた。パーマをかけて華美な服装をしたこの女教師を、最初に非難したのは同僚の教師たちであった。

この〈非常時〉に何という恥知らずなことでしょう、と同僚の教師は眉をひそめていた。

パーマをかけ、色や柄のついた衣服を身につけるだけで、当時は華美な服装として十分非難に値することであった。やがて僕たちは彼の教師たちにならって、折りに触れ、この若い女教師に逆らい悪戯三昧にふけった。髪をつかんで引っぱったり、竹の棒でどやしたりした。まだ若くて大した抵抗もできない彼女は、僕たちの徒党を組んだ悪戯にしばしば泣きだす始末で、他の教師たちの大方は、これを見てもさほど叱るでもなく黙認するといったふうだった。

美人というものは過酷な仕打ちを受けると、いっそう輝きを増すものである。僕たちはこの悲恋の主人公のような女教師を痛めつけることに異常な快感をいだくようになった。そして悪戯が変なふうに発展し、泣くことしか知らなかった女教師が、遂に怒りだしてしまった。というのは、ある休み時間のことであった。

校舎の西に職員便所があったが、僕たちはその便所の裏手にまわり、彼女が用便にくるのを待ち受けていた。そして汲み取り口から悪戯をしようとしたのだ。ごく無邪気な発想から生じた悪戯に違いはなかったが、単なる悪戯にしてはちょっとたちが悪かった。期待していた悪童たちは、やがて廊下を通って用便に駈けこんだ彼女をそこに認めると、僕たちの一人が汲み取り口から竹の棒をつっ込んで糞尿を撹拌し、その汚物を上の方にはねあげた。

大変なことになった。

さっそく驚いて便所を飛びだした彼女が、血相を変えて僕たちの前に立ちはだかっていた。

やがて僕たちは彼女によってうむを言わせず職員室に引ったてられたが、なぜだかそこに大勢いた教師たちは、僕たちの予想に反して、さほど怒りもしなかった。多くの教師が陰でニヤニヤ笑ったり、顔をあらぬ方にそらして、ふきだしそうな笑いをこらえている女教師たちもいた。僕たちはほっとしたが、直接の被害者である彼女は黙ってはいなかった。

「……こんなひどい学校は、はじめてです」

と彼女は軽蔑と怒りの言葉を吐いたが、こんな生徒は、と言うかわりに、こんな学校はと言ったのだ。

怒りは直接僕たちに向けられたのではなく、しかと取りあってもくれない同僚の教師たちに向けられているということがわかった。彼女はいっそう語調を荒らげると、なおも怒りをこめて言い放った。

「このうえは、兄に来てもらってこの始末をつけていただきます。兄は近いうちに休暇で実家の方へ帰省することになっています。その折にこちらへ連れてまいります」

と彼女は毅然となった。

僕たちは彼女が言う〈兄〉がどのような部類に属する人物なのか、その時は別段気にもとめなかった。しかし二、三日たったある朝、

——丁度その時朝礼が始まっていた——

僕たちはあの国旗掲揚塔のもとで、教師たちと共に威儀を正して校長の話に注目していた。

その時である。二、三日欠席していた例の女教師が忽然と校門から入ってきたのだ。しかも傍には見なれない、いかつい軍装の男が寄り添っていた。

僕たちはいっせいにそちらの方に注目した。

カーキ色の将校服に身を包んだ凛凛《りり》しい姿が、つかつかと近づいて来た時、そのまぶしさに皆んなたじろいだ。やがて教師の一人がいち早く駆け寄るようにして近づき、丁寧なおじぎをすると、軍人に何か話かけている様子であった。更に朝礼台を降りた校長がそのあとに

続き、やはり何か丁重に話かけている。

僕たちには何の話をしているのか皆目分からなかったが、僕はやがて職員室での、

「兄を連れてまいります」

といった女教師の毅然とした声を思いだし、兄とはこの軍人のことだったのか、これは容易ならぬことが起こるかもしれない……、とちょっと不安になると共に、これはおもしろいことになったぞ、とにわかに好奇心にかられた。そのうちに教師たちはこの輝かしい軍人を前に、やたらペコペコしはじめた。目前に教師たちのこれまでになかった卑屈さがさらけだされると、僕はざまアみろという気になると共に、予測した困惑の事態が起こりそうもないので軽い失望を覚えた。僕はこの軍人が何か声を大にして教師をはじめ皆を怒鳴りつけるものとばかり思っていた。ところが予想に反して、むしろおだやかな空気がその場にただようようになると、やがてかの軍人は、校長にこわれるまま朝礼台に上がった。腰の軍刀がかすかに鳴り、白い手袋の挙手の礼が僕の心をおどらせた。

「皆さん！　はじめまして、妹がお世話になっております。本日伺ったのは、ほかでもありません。皆さんたちのなかのだれかが、何か失敬な悪戯をしたとかで、妹がだだをこねて

学校を休んでおりましたので、ただいま連れてまいりました。大変ご迷惑をかけました。皆も元気があって、このくらいの悪戯なら大いによろしい。でも、か弱い女をいじめるような了見では日本男児とはいえない。自分は南の戦場から帰還したばかりです。朝礼台に上がったのは校長先生からの、たってのおすすめもあって……、これから皆さんに前線の模様をお話しようと思います」

彼はそれから三十分ばかり、戦地の模様をその闘志にあふれた口調で語った。南方の激戦地で戦ってきたかの軍人の血と汗のにおいが僕たちをとらえ、感嘆の声がもれるまま、まぶしい光の掃射を浴びたようになって、しばし聞き惚れた。効果はてきめんであった。その後、かの女教師が、僕たちをはじめ多くの教師たちからどのように処遇されるようになったかは想像に難くない。

ともあれ僕たちは、この軍人が帰るときにぞろぞろと後を慕って校門の外まででて、見送ることをだれ一人はばかる者とてなかった。教師たちも例外ではなかった。

僕たちは一様に、輝かしい誇りをまき散らしながら去って行く軍人のうしろ姿をいつまでもあかず眺めていた。

軍人といえば、僕たちはこの世で、もっとも光り輝く存在として、その小さな胸を熱い空想で埋めつくしていた。村の周辺に小高い山があって、そこには敵機を見張る監視所があったが、僕たちは遠足にかこつけてはそこへ行き、わずか五、六人しかいなかった兵隊たちに対しても十分な敬意をはらうことに怠りはなかった。

このように兵隊に接してさえいれば、意義ある日常というふうに考えられた。そして、教師たちも僕たちが兵隊と密接な関係を持つことをより率先したので、僕たちも次第に自発的になり、進んで薪を運んだり、主食や野菜の寄贈をした。そして子供の足にとってはやたらと遠くて急な骨の折れる坂道を、あえぎあえぎ、この山の頂きを目ざして一体何回登ったことであろう。またある時にはまるで前線の将兵に対するかのように、慰問文や図画の作品をたずさえて彼らを見舞った。相好をくずして出迎える彼ら兵隊たちは、きまって僕たちを満足させずにはおかない戦争の話や、軍艦の雄姿について語った。

監視所のある山の頂きからは海が開けて見え、この無限に広がる青い海原と、空の対角線上に、僕は白波をけたてて驀進《ばくしん》する勇壮な軍艦のまぼろしや、編隊を組んだ空軍機の大群を幾度夢想したことだろう。そしてこれらの映像は、小さな胸いっぱいになり広がり肥り育っていった。当時、僕たちの世界には〈戦争の悲惨さ〉などという暗い想念はなかった。もしあっても、それを「悲惨」という言葉では呼ばなかったであろう。ともあれ、いつも周囲で聞かされる戦争の話は、栄光を象徴するものであり、従って胸に湧きたつ想いも健康そのものといった戦争のイメージでしかなかった。

やがて戦争もたけなわとなると、学校の内外を問わずほこらかに軍歌が歌われるようになった。この、勇ましくも、いいしれぬ哀調をおびた軍歌の調べが人々を夢中にさせ、

——勝って来るぞと勇ましく誓って国を出たからは……。

——海行かばみづくかばね、山行かば……。

と僕たちは得意になって歌った。

たまたま古着のつくろいものをしていた母は、僕のこのような高らかな軍歌を聞いているのかいないのか、縫いものの手を休ませようともしなかった。僕は高鳴っている世間をよそに、母親のこのようなよそよそしい態度がこのうえもなくもの足りなかった。

ついには、腹立たしさを押さえ切れなくなり、これ見よがしに反抗心を露にして、廊下をドスン、ドスン、と踏み鳴らして軍歌を歌うものだから、病身で床に伏している祖母はうる

さがって哀願するように悩ましそうな悲鳴をあげた。

「なんてまア、この子はばちあたりな子だよ」

と祖母は嘆くのだが、僕は祖母の哀願を意に介さなかった。何か正当な主張をしているようで、むしろその哀願の声に敵の敗残兵のみじめさを連想し、深い軽蔑を抱いて相対した。

このようにして歳月は次第に過ぎていった。

しかし戦争は、いっこうに止みそうになかった。ますます激しさを加えて、僕たちにもいっそう身近かなものとして戦の響きが伝わるようになった。

僕たちは出征兵士を送るため、しばしば授業を放棄して町の駅まで出向くようになった。手に手に小旗を打ち振りながら、道々あらん限り声をはりあげて軍歌を歌った。そしてそれが僕たちの日課であり、もはや学園生活のすべてとなった。しかもそれは教師たる大人たちによって強制されたとはいえ、むしろ僕たちにとって、十分楽しめる日課のひとつであった。かりに時日がたって、ふと追憶の中にでてきたとしても、それらの生活の一部始終が夕焼空を想いだす時のような懐かしさで迫りくるに違いなかった。更に戦時色濃厚な僕たちを取りまく日常は、あたかも学校での理科の時間に、田園の道を集団で歩きまわるという解放されたような心はやる楽しみと同じように、またとない感激であった。道の辺の草花を踏みしだきながら、誇らかに軍歌を歌い小旗を打ち振って進む喜々とした僕たちの日ごとくりかえされる生活は、遠足のように小さな胸をはずませるのに十分であった。

駅まで約四キロの道のりを、軍歌とともに行進したが、さして遠い道のりとは思わなかった。やがて駅の構内で、ぎょうぎょうしく整列していると、もどかしい時間の流れを破って轟音と共に列車がホームにはいってくる。

まもなくたすきがけの出征兵士たちが、ひとしきり華やいだ歓呼の声を浴びると、劇的な場面を具現して車中の人となる。そして文字通り、万歳、万歳、の声に送られて列車はホームをすべりだし、次第に遠ざかり消えていく。

毎日くり返されるこのような場面に、僕たちはもうすっかり慣れっこになっていた。しかしある時だった。

僕は名状し難い光景を目撃した。

それは出征兵士を乗せた列車がもうかなり遠ざかって、見えるか見えないところへさしかかっていた時であった。歓送の人波がおもむろに退散しかけようとしていた頃、ただひとりホームから線路上に降りたった若い婦人が目にとまった。彼女は何かハンカチのような白いものを必死に振り続けているのだ。

もう列車はあんなに遠ざかったのに……

と、僕はその若い婦人の空しい努力を奇異に思ってじっと目をこらしていた。

婦人は赤ん坊を背負っていた。ねんねこから突き出た赤ん坊の帽子の鮮やかな赤が印象的だった。

婦人の空しい努力はなおも続いていた。

僕はとっさに軍歌のひとつである「暁に祈る」という歌を連想した。

——あアあの顔で、あの声で、手柄頼むと妻や子が……。聞きなれた音楽の旋律が甦り、このメロディが突如僕の内部で現実のものとして定着したように感じた。

歌詞の意味を理解するには、あまりにも幼すぎたようであったが、ほんの一瞬それを理解できたと、僕は確かにそう思った。

あの赤ん坊を背負った若い婦人の胸のうちは、激しくも甘美な感動に揺れ動いていたことであろう。

最愛の夫と劇的な別れが彼女の胸を熱っぽくさせ、彼女をこのうえもなく幸福にさせたであろう。

列車が向こうへ遠ざかってまったく見えなくなり、ほんのりと夕映えのしはじめた空には、ポツンと一点、空しさがただよったかもしれない。しかしその直前まで、彼女はこれまでにかつてなかった満足感にひたっていたに違いない。

戦争が彼らを二つに裂き、その過酷な運命は、たとえようもなく悲しいに違いない。しかし人はこのような不幸に直面してもそれに陶酔することによって、悲しみを幸福に変える術を知っている。

悲劇のただなかにある時、そのなかにはちょっぴり幸福の感情が内蔵されていることに人々は気がついていない。しかしそれが僕に分かろうはずがない。

そしていまこの若い婦人によって展開された〈美しい悲劇〉（それは悲劇とは異質のものかもしれない）と同じ光景に、僕はずっとあとになって出会った経験がある。

日米戦も後半になりかけたあるおだやかな春の日の昼さがりのことであった。

隣村に予科練の特攻機が飛来するという噂を耳にした。出撃を目前にひかえた若者が、故郷に錦を飾って、最後の別れを告げにくるというのだ。

戦況が悪化し、硫黄島が玉砕し沖縄が敵の手中に陥ると、特攻出撃は日常化され、僕らの村やその隣村からも選ばれた勇士たちの幾人かが華やかに登場した。勇士を出した村の人々は一様に、それら晴れがましい勇士を出したことを、このうえもなく誇りに思った。

もちろん僕たちも教師から、

「君たちは将来何を志しているか」

との質問には、例外なく大将に成るか、特攻隊員に成ると答えたものばかりだったので、僕たちは隣村の勇士の出現には、わがことのように悦び、その小さな胸を感激でいっぱいにし、歓送のためにわざわざ隣村までかけつけた。

村の一角にたたずむ閑静な農家の庭先では、華やかな別れの宴が刻々と迫っていた。生還ののぞみがまったくない哀れにも美しい若者の晴れの門出を一目見ようと、人々は若者の実家の庭先に集まって空を見上げていた。ただ一本、庭の片隅に咲き誇った桜の花が、やがて勇ましい爆音と共に飛来するであろう若者の晴れがましい門出に趣を添えていた。

隊員の両親と思われる老夫婦も送迎の人々と共に、ひときわ感動を露にして、まぶしげに空を見上げていた。

このように役者はそろい、すべては芝居じみていた。

今しも〈感動〉の二文字が生き生きと精彩を放つすばらしいドラマの幕が切っておとされようとしていた。

その時であった。

僕の耳にかすかな爆音が響いてきた。

「飛行機だ！」

と、だれかが絶叫するのが聞こえ、それからは夢中で、だれがどのように歓迎の旗をうち振ったのか、万歳の声をあげたのか、僕自身どのような身ぶりでいたのか皆目分からなかった。気がついた時には、飛来した飛行機が低空でかすめ、その生き物のような意志をたたえた機体がやたらときらめいていた。

軍歌の中に「輝く銀翼に……」という歌詞があったが、僕はこれがまさしく銀翼だったのだと、その痛切な心の高鳴りのなかで、おごそかな断定をくだし、夢中で何かを口ばしっていた。

そしてこのまぶしい光景にしばし我を忘れていると、やがて飛行機はどこかに飛び去り、はるかかなたに機影が没しようとしていた時、僕は若者の母親をかいま見てしまった。皺くちゃにゆがんだ老母の頬は紅潮し、深い皺の奥から感動を包み切れなくなったのか、とめどもなく幸福の涙があふれていた。そして「よかった、よかった」とつぶやいていた。人の心というものは計りしれないものである。わが子を死地におもむかせることになったというのに、悦び、感動するとは……。

しかし、そんなことにはだれ一人として気づく者はなかった。辺りを見渡すと、送迎の人という人の、目に光るものがある。

——皆んながすべて涙もろくなっているのだなァ、と僕はなぜとはなくそう思った。

戦況が悪化し、ますます苛烈になっても、僕たちの村はまったく平和だった。

校庭の隅には巨大な防空壕が掘られ、疎開者の群が日増しに多くなり、やがて新しいクラスメートが次々に誕生した。

僕らはきまってそれらの新入りを、よそものあつかいにし冷遇した。

萌やしのように痩せてか細い都会育ちの彼らは、腕力には弱かったが成績の方は一体に優れていた。成績が優れているうえに異質なようにふるまう、とりわけ上品な物腰の彼らに、僕たちはことごとく敵対した。

僕たちは自分の家から古いリヤカーを持ちだして、〈特攻遊び〉と称する極めて危険な遊びをするようになった。新入りの疎開者がはいってくる度に、僕たちは学校の裏山に彼らをおびきだしては、この古いリヤカーに無理やり乗せて、急坂になった山道を突き離すようにして、運転手のいないリヤカーを人間もろともころがした。そして泣きベソをかかなかった新入り者を、一応合格とみなして仲間にしてやった。ひっかき傷を負って大声をだして泣いたり、ベソをかいて逃げだすような新入り者は、登校した際に、僕たちの格好なサカナにされ、級友たちの限りない嘲笑を浴びた。

しかし僕たちは内心彼らを気の毒に思わないことはなかった。心のどこかで同情はしていても、決して態度や口にだそうとはしなかった。それは僕たちには僕たちなりのきつい掟があり、おとなたちが華々しく戦っていることへの、せめてもの〈共同参加〉への意志表示であり、この〈特攻遊び〉は自慰行為には違いなかったが、誇り高い行為としてみんなの認めるところであった。

そして上官が部下を殴るように、僕たちもまた下級生を殴ることに妙な快感を覚え、それは一種の正義感のもとに公然と行われた。大した理由もなく殴られる羽目になった下級生たちは、羊のように従順で無力な顔を伏せて、皆一様にわけもなく殴られることに疑問をさしはさもうとはしなかった。

ある時僕たちの学級へはじめて女生徒の疎開者がやってきた。僕たちはこの不意の来訪者に対して、どのような処遇をしたらよいものか、その歓迎の方法について、はたと困ってしまった。そこで苦しまぎれに思いついたのが、次のような陳腐な行為だった。

「女の子は航空母艦だ。うちの兄貴もそう言っていたぜ、でもよそからきたのだから敵の空母だ。敵の空母には体当たりあるのみだ」

「しかしどうやって体当たりするのだ?」

と他のひとりが言うと、その言いだしっぺの仲間はちょっと困ったようであったが、

「裸にして体当たりするのだ。空母が着物を着ていては……らしくない」

と彼は校庭の裏山に引きだされた新入り者の少女を前にして、突然確信に満ちて言い放った。

さすがの僕もこれは大変なことになったと思った。

しかし一度断定されると、皆あとへは退けなかった。

やがておびえる様子もなく、自から進んで衣服をぬぎはじめた少女を前にして、僕らはかたずをのみ、これまでに感じたこともなかった心の高鳴りのなかで、何ともバツの悪い思いにさらされていた。しかしこのバツの悪さに、とうとうだれかが、

「幾らきまりといっても、裸にするのはよくないぜ」

と言うと、少女はその過酷な仕打ちがようやく身に染みたらしく、

「敵の空母でしょう?!……しかたがないわ」

と語尾が悲愴感に震えていた。

「そうだ戦争なんだから」

とこちらのだれかが言ったので、僕たちはここでやっと自分たちの行為が正当であったことに安心し、無邪気な笑いを甦らせた。

それから僕たちは、この少女に泥や小石まで手当たり次第に投げつけた。少女は我慢強く泣かなかった。まるで自分が呪われた敵の空母であるかのように彼女はじっと耐えていた。

戦争は次第に窮迫の度を加えてきてはいたものの、教師や村人たちはこぞって奮起しはじめた。僕たちも本気で思っていた。

勝つためにはいかなる苦難ものり越え、決して弱音を吐いてはいけないのだと、大人たちの口調をそのままままねて、相変らず特攻遊びに執心した。無邪気な特攻隊員たちは一心になり真剣そのものであった。僕たちは多少利口で狡猾な疎開者たちが臆病になって逃げだしてしまったあと、きまって自分たちだけで、このひそかな楽しみである特攻遊びに興じた。

負けん気で我慢強い主催者側の僕たちでも、たまにはリヤカーが横転して、したたか腰を打ったり、眉間に大きなタンコブをこしらえることがあった。そんな時僕たちは思い切り大きな声で泣き叫んだ。一度などはむこう脛が黒ずむほどしたたかにぶっつけて、わァわァ泣いていた時、傍にいた仲間たちはその当事者が泣き止むまでの長い時間を心棒強く、一同黙したまま何かに耐えていた。たまたまリヤカーが大きな音をたててはずみ、何事もなかった時には、一同は悦びの声と共に、ゴーチンと叫び、他のひとりが、

「これぞ大和魂だ！」

と歓声をあげるのだった。

やがて戦争も敗色が濃くなった頃のある日、校庭で主婦たちの竹槍訓練が行われていた。防空頭巾を被りモンペ姿をした僕たちの母や姉たちが連日校庭を占領し、その不格好な服装をした母や姉たちのかけ声が校庭で聞かれ、空しい努力が続けられるようになった。

僕たちは授業の合いまを縫っては窓辺に顔を覗かせ、それら珍妙な光景を拝観しはじめた。

「えい、やあッ」

と、どことなく色っぽい声をはずませて、竹槍が前方へ突きだされる。サーベルのような軍刀まがいのものを腰にがちゃつかせながら、チョビ髭をはやした男が主婦たちの前にまわり、うしろにまわりしたりして甲斐甲斐しい。

僕たちはおたがいに自分の母親や近所のおばさんたちを探しだしては、級友にいたずらっぽく目くばせし合った。

たまたまチョビ髭の男に大きなお尻をけとばされてよろける顔見知りのおばさんたちを見て、僕たちは大笑いした。更にチョビ髭が「歩調、とれっ」と甲高い声をはりあげると、主婦たちのなかには、すっかりあがってしまって片方の手と足が同じ方向で動きはじめることもあって、この勝手の違ったおばさんたちの珍妙な動作に接し、僕たちはいよいよゲラゲラ笑いころげた。

しかし主婦たちは懸命だった。うまく出来ない彼女らはベソをかいているようにも見えた。チョビ髭の方も、にこりともせず相変らず甲高い声をまき散らしていた。


暑さが厳しくなり入道雲が、そこかしこに顔を覗かせる頃になると、空襲が頻繁になり、けたたましいサイレンが絶え間なく鳴り響いた。

そしてその都度僕たちは、弁当や教科書のいっぱい詰まったランドセルを背負って下校しなければならなかった。カチャカチャ鳴るランドセルを必死に押さえて、駈けながら空を見上げているのだが、敵機らしいものはほとんど見られなかった。まぶしげに見上げる青い空には夏雲の湧き立つ様があるだけだった。僕たちにはもはや空襲は苦にならなかった。サイレンが鳴る度にまたかと思うだけで、しまいにはサイレンが鳴らない日があると、何かもの足りなかった。

サイレン・整列・下校とこれらが僕たちの日課のようなものであった。

最初の頃はこの日課に忠実だったが、次第にあきてきた。それは空襲に対して恐怖の念が麻痺したせいもあったが、何よりも敵機らしきものが、時々雲間をかすめることはあっても、実際には爆撃らしい爆撃に遭遇したためしがなかったからであろう。従って空襲は僕たちの村の学童にとっては、適度に不安という調剤をほどこされた一種の刺激薬でしかなかった。

下校の際、昼の弁当は快い木陰を見つけて級友たちと一緒に夕げのように楽しくたいらげた。真夏の太陽がさんざめく小川に飛びこんで、涼しげで悦びに満ちた歓声を投げかわして、水遊びに興じた。

時折り遠くの町でとどろく砲声や、かすかな爆発音や、夏雲の合い間にちらほら現れる敵の機影らしいキラメキに、にわか興をそがれることはあっても、戦争はどこかかなたでキラメイている稲妻のようなものであった。

しかし日本は確実に敗退しはじめていた。

硫黄島をはじめ沖縄も、もうすでに敵地に陥ちていたので、そこを基地としたおびただしい爆撃機の編隊が、夏空をかすめつつあった。

村では夏蝉が気ぜわしくたけり狂っていた。

そんなある日の昼さがりのことである。

僕たちが空襲のサイレンで下校を迫られていた途中の出来事であった。

僕たちはいつもながら下校の所定コースから外れ、太陽のはじける川っぷちで水遊びに興じていた。と、突然耳がつんぼにされた。それはまったく不意に、かなたの天空から降ってわいたような衝撃であった。川面がいっせいにしぶきをあげて静まった。ふとわれに返ると、二つ年下の弟が恐怖をのみ込んだ格好で震えていた。そして泣き声をあげるのにかなりの時間を要した。やがて落ち着きを取りもどした僕たちが、やおら周囲を見渡すと、川の中の平たい石の上に一人の少年の裸体が横たわっており、頭部からみるみる鮮血が流れでて、耳の方に達した。やがて鮮血は白い石を染め、めくるめく真夏の太陽がいっそう輝きを増してきた。

辺りが静まりかえり時間が停止している。

級友の少年が敵の艦載機の気まぐれな急降下による機銃掃射に斃れたことを知ったのは、村の大人たちが駆けつけてきてからである。大人たちは一言も喋らず、この少年の哀れな遺体を始末した。まるで彼らは言葉を失ったかのようであった。

僕はこの少年を襲った悲劇について反すうしてみた。

〈戦争〉が直接、彼の生命を奪ったという発想はぴんとこない。〈戦争〉が意志を持った生き物には思えなかった。もっと何か獰猛な熊のような動物が突如襲うことにより、彼が斃れたという少年らしい発想が僕の考えであった。

僕は大人たちの無言の意味が分からなかった。そして僕はすぐこの少年のことを忘れた。またまた相変らず陽ざしのなかでの川遊びが始まっていた。大人たちはそんな僕たちを見て、

「危いぞ、敵機が襲ってきたらどうするのだ。またこの前の少年の二の舞いだ……」

と心配した。あの少年の事件があって以来、大人たちは一種の戦争熱ともいうべきものに衰えを見せはじめていた。そして二、三人寄り合うと、自分たちだけで何かひそひそと内緒話をしていることが多くなった。このように大人たちのなかには、一種の異変が生じているようであった。

しかし僕たちの日常は前と変わりなく、小川の中であいも変らずキャッ、キャッと水しぶ

きに戯れることに夢中で——この遊びは空襲がない時はできなかったので——ひたすら空襲を期待するようになっていた。そんなある日、僕らが水にぬれたまるっこいお尻をもみ合っていると、急に空が暗くなり、閃光が走り、無気味な地鳴りが襲った。僕らは一瞬ふりまいていた歓声を中断しておたがいの顔をさぐった。

「何だ？　今のは……」

と級友の一人がいぶかる声をあげた。

「何だか分るもんか、戦争のおめき（叫び声）だろうよ……」

とだれかが言い、また別のだれかが、

「おめきたあ一体何だべ？……」

とふざけて言ったので僕たちはどっと笑い、再び無邪気な歓声を甦らせた。

この轟音と閃光が、長崎の原爆だったことはずっとあとになって分った。

それから幾日かが過ぎてからであった。

僕たちは学校へ非常呼集をかけられると、国旗掲揚塔のもとに参集させられ、そこで校長はいつにない真剣さでおごそかに口を開いた。

先日の級友の死といい、不意に襲った閃光といい、そして今また校長の押し殺した声が、何かただならぬ異変を暗示しているようで、僕たちはわけもなくおびえた。

やがて校長の話が終った時、日本が降伏したことを知った。長い重苦しい沈黙が辺りを包みこみ、僕たちは申し合わせたように一様に頭をたれていた。

そしてその耳に、……あの青い空で、何ごともなかったように無心に戯れている旗の波うつ音が、ありありと高鳴るのを聞いた。

太陽へ散華

〈待ちに待った出撃のときが迫ってまいりました。御両親様、悦んでください。私は今この上もなく立派な死所《ししょ》を得ることができた悦びでいっぱいです。武人としてこんなに輝かしいことがありましょうか！　私は若い命を燃えつくすだけ燃えつくすことができ、これにまさる至福はありません。これも皆、これまでいつくしんでくださった御両親様と、我が子のような慈愛のもとに御指導くださった分隊士、先輩がたの貴重な、血のにじむような訓練のお陰と、深く感謝しております。ここに厚く御礼申しあげます。

この度の出撃は、その御恩を返すときです。皇国の為によくぞ死んでくれたと誉めてやってください。ほんとうに私はこの世でいちばんのしあわせ者でした。もはやなんの心残りもありません。それではいさぎよく散ります〉（ある特攻隊員の遺書より）

私は十六才。そして予科練を志望し、幸いこの試験にパスしたのである。

山深い谷間にひそむ村落が、私の故郷である。村はいつもなら深い木々の緑に包まれ、谷川のせせらぎの音が聞こえるのみで、ものうく静まりかえっているだけであった。そしてそそり立つ山あいに平和な空がのぞかれ、木立を渡る風の気配だけが密かに息づいているほか、なんの変哲もなかった。ところが私が予科練を志はじめた頃から、急にある賑わいを見せはじめた。大東亜戦争が勃発したからである。もっとも緒戦の頃はそれほどでもなかったが、戦争が激しくなるにつれ、文字どおり村は戦時色一色に塗りつぶされた。小旗を打ち振る人々の群が、渓谷沿いの道を辿《たど》って、町の駅を目指して進んだ。小さな駅には毎日、出征兵士を送る人の群があふれていた。人々は口をそろえて軍歌をうたい、その勇壮な歌声は彼らの高揚した感情を更に煽《あお》った。軍歌は悦びそのものであった。

私は、このような村の湧き立つ賑わいのただ中に、突然栄光の二文字を投げかけることのできた幸せ者のひとりであった。そして私は、彼ら村人の期待と注目をこの身に集めることになった。予科練の合格通知を手にするまでの私は、この幸福な瞬間をどれだけ待ちのぞんでいたことか、あの鬱蒼とした木立の緑と渓谷を渡る風の気配のほか、平穏で唖《おし》のように黙りこくっている村落。その死んだ平和の中で、私はひとり密かに栄光への突破口をうかがっていた。今その突破口は開かれたのだ。

嬉しさはたとえようもなかった。まるで感激は私の為にのみあるようにも思われた。私は昂ぶった気持を誇示するかのように、手を握り締め力こぶをつくると、その筋肉の隆起を確かめながら「どうだい、ざっとこんなもんだ」と、満悦をあらわにした。そしてやがて現実のものとなるであろう、あの海軍軍人の輝かしい制服に身を包んだ自分を想像して胸が熱くなった。〈選ばれて国難に身を投ずる〉そうした悲壮な決意への悦びもあったが、なによりも、金ピカに飾られた制帽や腰の短剣。——これは若者の栄光を象徴する最高の勲章なのだ——それらが村人のあらゆる羨望の的となり、私はこの眩《まぶ》しいまなざしのただ中で、ひときわ太陽のように輝く……。

やがて私は、感謝の念に襲われた。感動が感謝の情念を喚起《かんき》したのだ。土の匂いのするほこりっぽい父の顔や疲労の影を宿した母のまなざしまでもが、急に痛々しいように感じられ、こうした肉親へのおもいは一種の珠玉《しゅぎょく》の重みをたたえて私に迫った。私はこのような感情の海に浸されると、次から次へと——恩師や親類縁者や村人たちにまで敬虔《けいけん》な祈りに似た感謝の気持を新たにするのだった。まず父母に手をついて「長い間お世話になりました」と、その養育の労に頭を下げた。多分に芝居じみたこのわざとらしさが、私には少しも不自然には思えなかった。なんの抵抗もなくすらすらと口をついてでた。むしろ両親の方が、てれた格好で露骨に示された我が子の改まった挨拶にとまどっていた。少しのことですぐ感情を昂ぶらせる母は、ハラハラと涙さえこぼしたのである。そして悲しいようでもあり嬉しいようでもある複雑な心情で、つくづくと私を見やったのである。私は私で、今すぐにでも特攻隊として飛び立つあの壮烈な空の勇士のような心境になっていた。

新聞紙上にも関行雄大尉による神風特別攻撃隊の第一陣が華々しく報道されたばかりで、人々が注目している時でもあった。

次に私は恩師のところへ挨拶に行きたいと思った。母校をたずねることは、このように晴れがましい立場にある自分にとって、今いちばん必要なことのように思われた。私はきっとそこで恩師たちの期待に報いることができ、彼らの歓声を聞くことになろうと思った。

村の国民学校は、山の斜面を切り取ったところにあり、村はずれに位置していた。私がたずねたときはもう午後の太陽が西の方へ傾きはじめていた。懐かしい匂いをまき散らして静まりかえっている校庭には人影がなく、西日を浴びた校舎と、立木の影が長々とのびていた。ふと校舎の渡り廊下を通りかかったひとりの教師が、目ざとく私を見つけると、スリッパのまま校庭に走りでてきた。私についてのニュースはいち早く伝わっていたらしく、

「××君ではないか！　君よくやったなァ、おめでとう」

と、のっけからの歓声である。やがて二、三の恩師や校長までが小走りに寄ってくると、私はもう若い英雄であった。職員室に通されてからも、教師たちは口々に私の壮途を祝ってくれた。教師たちや、まだ教室の隅に居残っていた学童たちのお祝の言葉と声援をまぶしく背後に受けながら、校庭を去る私は涙さえ浮かべていた。

勿論嬉し泣きである。しかしどうしたことだろう……涙がこんなに簡単にでてくるとは、私はよほど感じやすくなっていたものと思われる。

やがて私は郷里を旅立つ日を迎えた。村人をはじめ国民の華々しい賑わいとはうらはらに、戦局は日増しに深刻な様相をたどっていた。日本軍はガダルカナルで敗退し、サイパンも玉砕していたのだ。「討ちてしやまん勝つまでは」と人々は口をそろえて言うようになったが、私はこの言葉の力強さを愛した。

あわただしく我が家を後にすると、やがて駅の広場に立った私は、歓送のおびただしい旗の波と、歓呼のどよめきをまのあたりにし、「日本は必ず勝ちます。自分たち若者に任せてください」と、自分でも少し誇張しすぎたかなと思うくらい興奮していた。しかし湧き立った群衆は私の誇張した挨拶を少しの不自然さもなく迎え入れた。それほど人々はこの戦争に熱狂し、自分たち若者に寄せる期待も大きかったようだ。

まもなく列車がフォームに滑りこみ、機関車の男性的な力に満ちたピストン運動が停止すると、私は他の幾人かの出征兵士と共に車中の人となった。窓を開けて歓送に応えようとしたとき、軍歌が怒濤のように湧き起こり、万歳が高鳴った。この場は高揚する感情が、嵐となって渦巻く、いわば熱狂的な音楽の舞台だ。私はその歓呼の嵐の中で、危うく失神しそうだった。しかもその時私自身どのような顔をしていたのか、どんな身振りをしていたのかさえ、とっさには分からないくらいであった。

私がふと我れにかえったとき、ひとりの若者の顔が列車の窓越しに映った。その見覚えのある顔が、はたと私を捕えた。それは私の無二の親友だったのである。

彼は歓送の人波をかき分けて私に迫ろうとしていた。あたかも恋人が最後の別れに一途に追いすがろうとするような真剣さであった。

「君、よかったなァ！　しっかりやってこいよ、おれの分まで頼んだぞ……」

と彼は私に向かって叫んだ。その声は歓呼のどよめきにかき消されて聞きとり難かったが、訴えようとする切なる響きがこもっていて、言葉より明瞭にその真意がくみとれた。そして彼は私に対し、晴れがましさへの期待を表す精いっぱいのほほえみを浮かべてみせたが、やはりその奥に孤独を隠しきれず、瞬間、彼の微笑はひきつったように思われた。彼は私と同じ村の出身で、おさな友だちでもあり、学友でもあった。彼はどちらかというと、学業成績などの点でも私より優れていた。幸い二人そろって同じ町の同じ中学に進学することができたが、彼はいつの頃からか結核に冒されていた。彼の身体がまだそのような病魔にとりつかれていなかった頃、あらゆる面で私などよりも成績のよかった彼は、海軍兵学校を志ているということで、学友の誰からも一もく置かれていた。しかし彼ほどの秀才であれば、当然だと皆も納得したし、村では早くもそれが評判になっていた。そしてその当時、若者なら決まって抱くであろう誇りに満ちた軍人への夢――。このひたむきな憧憬《どうけい》が彼の内部でも肥っていた。

いつのことだったか、私は彼と二人で密やかに谷間の村を抜けだすと、もよりの軍港まで軍艦を見に行ったことがある。噴煙を吐きながら白波をけたてて進む、あの軍艦の雄姿を想像して、それに魅せられていたからであるが、この隠密な行為の果てにおずおず見た軍港の光景は、私たちの期待を裏切った。つまり小雨の煙るうっとうしい軍港は、いたるところに柵がめぐらされ、高い防壁が視界をさえぎっていて、私たちを失望させた。しかし私たちは諦めなかった。海を圧する連合艦隊の威容と、かなたの碧《あお》い空を旋回し乱舞する戦闘機群を想像することで、私たちはその前途にあくことのない希望をつのらせた。つまり彼と私は村の選ばれた人間であり、その選ばれた者に相応しい夢想は、たがいの胸に等分に共有されていた。それが片一方で無惨に打ち砕かれたというのは、彼が結核に冒されたからである。

軍隊への登龍門は病人を冷酷に阻んだ。歓送の人波のなかで私に対してほかの誰よりも熱い期待を寄せる筈であった彼の顔がひきつったのはそこに彼の挫折感があったからである。彼の側から見れば勝者に位《くらい》する私は、彼の絶望をいやす術を知らなかった。同情すれば彼は怒ったであろう。私は列車の中で歓呼のどよめきの余韻にひたりながらも、その華々しさのなかに一点のしみのように暗く映った親友の顔をおもっていた。

そして汽車が土浦駅に着いたとき、ようやく私はそれを忘れることができたようだ。駅には多くの地元民にまじって、予科練服の先輩隊長たちが、私たちの到着を待っていた。

「ただ今から貴様たちを隊へ案内する。隊門をくぐったからには娑婆《しゃば》のことは一切忘れろ。——そのときから貴様たちは、ひとりの立派な海軍軍人として歩きはじめるのだ」

と、先輩隊員のひとりが凛凛《りり》しく言い放った。〈やはりここはちがう〉私はそんなふうに心の中でつぶやくと、深くうたれるものを感じて隊門へ向かった。

「土浦海軍航空隊」と、隊門に掲げられた看板を前にして、私はいよいよ襟を正すおもいであった。ここで私はつちかわれるのだ。

そしてやがては夢にまで見た一人前の戦闘機乗りとして育つことになるのだと感慨を新たにした。故郷や両親とも隔てられ、別世界へ投げこまれたという一抹の不安がないわけではなかったが、そこには一片の感傷もなかった。むしろ故郷も両親も後方へ引き下げられ、すべては前向きで輝かしい未来が前方に開けている。ただそれだけでよかった。輝かしい未来とは、敵艦に突入することであり、大義に生きる為、いかに華々しい死にかたをするかであった。


「総員起こし！　総員起こし！」と、連呼する声が拡声器に流れ、起床ラッパがけたたましく鳴り渡る。皆いっせいにハンモックから飛び起きる。もう予科練習生としての日課が始まったのだ。あわただしく寝具をたたみ、着衣が終わると洗面所へと、ひた走りに走る。寝具は寸分たがわぬように手早く折りたたみ整頓しなければならない。着衣にもスピードがいる。洗面の際は一滴の水も無駄にできない。海軍では何事も五分前という厳しい掟《おきて》があった。すべてを手早く、そつなくすることが火急を要する戦闘の場合不可欠なのだ。戦闘には待ったがない。間髪を入れない機敏さが要求される。わずかのすきも油断も私たちには許されないのだ。一瞬のすきが戦局を逆転させ、敗因につながる。教員はここを徹底的に教える。口で論ずるのではない、身体に覚えこますのだ。一滴の水も無駄にできないというが、これは艦隊勤務の海軍にとって、洋上での真水の一滴は、ガソリンと同じく血の一滴に等しいということなのだ。一滴の水を粗末にしたり、寝具の整理整頓が粗雑であったり、あるいは動作に機敏さを欠くと、教員の叱咤《しった》と鉄拳は容赦がない。「前列一歩前へ、後列一歩後へ、肢開け!、歯を食いしばれっ!」と、怒号のもとに鉄拳の嵐である。鉄拳は顔の皮膚を焼き、ひりつくような衝撃で体中に浸透する。不思議なものである。私はこの鉄拳を浴びそうになると、最初は恐怖にふるえたが、そのうちになにか体軀の深部でこれを素直に受け入れようとさえしていた。なんとも快いのだ。殴られることへのヒリヒリするあの悦びと言ってもよかった。この妙な歓喜は辛い課業の随所で私を襲った。

洗面が終わると、練兵場に集合し、当直練習生の指揮で号令演習が始まる。朝焼けのすがすがしい空気をつんざいて、あらん限りの声をはりあげる。まるで怒号のようだ。そして声につれて体がふるい立つ。そこには何の手加減も躊躇もない、敵陣への果敢な突撃のようなものである。

やがて朝礼。そして海軍体操。これは上半身裸になって行なう。いくら厳寒の凍《い》てつく空気が肌身を刺そうと、全身熱くなってくる。気合が気力を充実させ、額から汗がほとばしる。体操が終わるといつも感じるのである。なんと爽やかで、この世界は幸福に満ちていることかと。

それから「肉体飛行」「棒倒し」「闘球」「銃剣道」「水泳競争」「相撲」「陸戦演習」「短艇競争」各教科を机の上で習う「座学」と、これらをひっくるめて予科練では一日の課業と呼んでいる。

私は一日の長い苦闘に満ちた課業が終わり、就寝の時刻になると、ハンモックの中でさまざまな想いに耽ける。実際は考える余裕もないくらい疲れていることが多い。そんなとき、なにも考えないで快い眠りに誘いこまれる健康さを有難く思う。しかし一日のできごとの中で罰直《ばっちょく》(体罰《たいばつ》)を食らったり、ことのほか辛い肉体のシゴキにあったとき、私は何故だかこみあげる幸福のおもいで寝つかれないときがある。それは短艇競争のさなか、歯を食いしばって敢闘した体軀の疼《うず》きが、そのまま脳裏を去り難いものとなって、いつまでも離れないのだ。水泳競争のとき体力の限界まで奮闘し、もがきながら飲みこんだ海水の苦しい味。練兵場を、もう息が切れるのではないかと思うまで走らされたことなど。これらのことごとくが快い睡眠を前にして、まるで遠い昔の楽しいできごとのように脳裏をかすめる。

予科練のすべては私を魅了してやまないのだ。ぎりぎりまで酷使される肉体がその苦痛の果てに悦びの声をあげている。しかし何故だろう、本来苦痛である筈のものが、こんなに快いとは。人間には痛めつけられるなかで目覚める悦びといったものがあるようだ。そして苦痛と苦悶《くもん》の果てに、人の情や自然の恩恵《めぐみ》といったものが、あるひたひたとした情趣を伴なって湧きあがってくる。

ハンモックの中でしごかれた肉体の痛みと、世間から隔離されてしまった我が身の辛さに、こみあげるものがあって、しのび泣きすることがある。しかしこの涙の味は変に温かいのだ。そのとき私の頭の中には決まって故郷の風景が浮かぶ。あの緑の香気に包まれ、陽の光に満ちた優しい故郷が……、屈託のない村人の顔や慈愛に満ちた両親の顔が……、ひなたくさい弟たちの顔までがひどく懐かしいものとして想い起こされる。この愛惜の念は、ただちに感謝への導火線となってこれに火がつけられる。そして両親をはじめ、教員、分隊士へのつきせぬありがたさとなって、ときには激情が津波のように押し寄せ、ほとんど私をして号泣《ごうきゅう》させる。こんなにまで私を素晴らしくしてくれたものよ有難う！……。

事実私は立派になっていた。顔はくろぐろと陽に焼かれ、腕《かいな》は文字どおり鉄《くろがね》の光とたくましさを持つようになっていた。

戦局は一向に好転せず戦果を報ずるラジオの軍艦マーチも、ここしばらくは鳴りをひそめていた。しかし私とその仲間たちは、連日の激しい訓練を甘受し、炎天下をひたすら課業に励んでいた。予科練の教員のなかには歴戦の勇士《つわもの》もいた。海兵出の生え抜きの海軍軍人もいた。彼らは一様に真剣で文字どおり身を挺しての指導ぶりであった。私には正直なところ教員の鉄拳が有難く思われ、その鉄拳には教員たちの悲願がこめられているようで、彼らの叱《しっ》咤《た》激励が猛烈であればあるほど、私たちをより協力的なものにすると同時に、とうてい不可能と思えることも果敢《かかん》に挑みかかる不屈の信念を植えつけ、何事にも限界があるという定説をくつがえした。

たとえば棒倒し競争、これは海軍伝統の格闘技で、予科練にある競技のなかでも最も光ったものであった。

双方の丸太棒を倒す為、敵味方の攻守が激突するさまは、血と汗が飛び散る壮絶な闘いである。この競技に敗れると教員は容赦しなかった。さっそく練兵場をぶっ倒れるまで走らされる〈速駆《はやがけ》〉の罰直《ばっちょく》を食らうことになる。たった今競技に死力をつくし、すでにその疲労も限界にきて体力を消耗し尽くしているというのに、この罰直と称する目茶苦茶な試みが実行に移されることになる。棒倒しに限らず、どの競技であろうと、敗北の後にはこの厳罰が私たちを待っており、それは躊躇なく断行された。しかし教員の方も、この罰直を強いるばかりではない、自からも罰を受けるもののひとりとして積極的にこれに参加した。教員はいつも言った、「貴様たちが負けると、この自分も同罪だ」と。教員はまた自分の担当するチームが負けると、私たちの敗因を自分の所為にして反省することを忘れなかった。ともかく教員は先頭になって走り、私たちも崩れるように倒れてはまた起きあがった。そして倒れる同胞を庇《かば》いあって最後まで走り続けた。その半死半生の息も絶えだえなところを見はからって、教員はようやく駆け足やめの号令をかけ、「よろしい、これで自分たちの罰直は果たされた。皆御苦労であった。しかしよくここまでがんばってくれた。礼を言わなくてはならないのは自分の方である」と、慰労の言葉を添え、私たちを深い慈愛のこもったまなざしで見つめるのだった。なんと感激に咽《むせ》ぶひとときであろう。私をはじめ皆等しく土ぼこりで汚れた腕で、頬を伝う悦びの涙をぬぐった。教員も涙を流している。私は確かにそう思った。そして教員と私たちはいわば一心同体と言えた。そしてまたもや私の内部で「有難うございました」という熱い共鳴の言葉が胸をつきあげるのを覚えた。

教員と私たちの間には、いわば負けたことから親密な連帯が保たれたが、各種の競技を通じて、たとえ負けても勝っても等しくこのような一体感が深まるのだった。

また、教員は私たちのミスやひるみを見のがさなかった。そしていい加減な妥協をすることを絶対に許さなかった。安易に妥協して、ことを容認するなどといったことは、戦場では通用しないばかりか、それはそのまま戦場での死を意味した。しかもその死は華々しい死ではなく、最も屈辱的な死にほかならない。

予科練では速駆《はやが》けも棒倒しも相撲も、ただ勝つことのみに意義があった。〈負けじ魂〉この言葉は私が最も敬愛するもののひとつで、しかもこの言葉の意味をいち早く吸収し得たのは私の身体であった。理屈ではなかったのだ。本来ならば堪えきれない苦痛に対しては肉体が先にこれを拒否するというのに、体は絶対にねをあげなかった。いわば体そのものが強力な意志であった。

勝負についての異常なまでの執念といったものの一例を「相撲」にとるならば、土俵際に残す腰なく追いつめられた場合、大方は力つきて相手に勝ちを譲るのが普通である。しかし予科練ではこれを許さない。この勝敗の決着する微妙な瞬間にこそ死力をつくす意味があるというもので、満身の力と意志で持ちこたえなければならない。そして土俵にあがったが最後たとえどんなことがあろうと、必ず勝つという前提に立っていなければならない。いささかの妥協もひるみもあってはいけないのだ。これは応援する側にも同じことが言える。つまり応援する者にとっても、自分の味方はどんなことがあっても勝たせなければならない。だからそこには白熱した死闘がくり広げられる。応援する教員の目も同胞の目も競技者同様にギラギラ輝いている。競技者に応援者の意志が乗り移ってしまう。そこで、もし不運にも負けてしまった場合、共同の責めと罰を甘受することになるのは当然である。また勝者になった場合も、その悦びはひとりだけのものではなく、共同のものでなければならない。

　これらのことから、私は仲間を守る為には身を挺してこそ浮かぶ瀬もあるという貴重な教訓を得ることができた。仲間はいわば自己の分身なのである。仲間に対する一体感と言おうか、その連帯感といったものについて、これを戦場に例をとって説明するならば——あたかも敵の制空圏下で孤立してしまい、絶体絶命の窮地に追いこまれたとき突如友軍機に出会い、百万の味方を得て窮地を脱するときのあの感動（これはまさに私の想像にほかならないが）、このような劇的とも言える場面に立ち至ってこそ、容易に戦友の有難さや真価が分かろうというものだ。仲間は身を捨てて私を救うであろう。

——私は仲間を大切にしなければならないと思う。しかし改まってそう思うまえに、もう私の体が先に動いて同胞の捨て石になろうとするのだ。常に意志より体の方が先回りしてしまう。予科練では人の犠牲になることと、人のいやがることを率先して行なうことに意義があった。

　私はこれまで予科練においての厳しさばかりを並べ立てて来たが、勿論楽しいこともいろいろとある。まだ太り盛りの食い盛りの私たちは、その食欲においても決してほかにひけをとらない。「おまえたちは年中食うことしか念頭《あたま》にないと見える」と、教員の失笑を買うほど私たちは始終がつがつしていた。しかし朝、昼、晩の毎日の食事がいかに待ち遠しくなんと楽しくもおいしいことか、私は未だかつてこんなに美味な食事を賞味したことがなかった。パンや味噌汁、たまには赤飯や鯛の尾頭付きがでることもあったが、通り一遍の、このような献立が何故にこうまで身にしみて有難く、おいしいのであろう。ともかく大げさのようだが、生きていてよかった、生まれてきてよかったとしみじみと思うほど食事どきは楽しい。つかのまのくつろぎがこんなに有難いとは、生きていることの悦び、つまり感動といったものは、日常的なもののなかには存在しないものかも知れない。平板で不足のない日常的な行為のなかでは、生活はただ空気のように味気なく、しらけて倦怠感だけが醸成されるようだ。谷間の村でなに不自由なく暮らしていた私は、一度だってぞくぞくするような悦びに浸ったことはなかった。私はあの速駆けの終わった直後や、体力の限界に迫る運動をした後で、自分がそこに生きているという確証を摑むことができるのだ。その充足感は、なにかひたひたと肌に快い清水のような感触を持っている。

課業が終わってのほこりっぽい練兵場のかなたへ沈む夕日の荘厳さ。汗と土ほこりに汚れた頬をなぶるそよ風の爽やかさ。これらは私に生きていることへの限りない歓喜を呼びさます。

このように私は毎日の猛訓練と一切の娑婆《しゃば》っけから隔離された状態にあって、なにかこれまでの私には想像もできなかったものを発見できたようだ。〈自己開発〉と言ってよいと思う。それは同時にすばらしく輝かしい貴重な〈自己発掘〉というふうに思われるのだ。人々はこのような私たちを指して「別人としか思われないほど素晴らしくなった」と評した。そして私はこの評価を浴びることになった。私が休暇で故郷へ帰省した折のことである。私は両親や村人から、こそばゆくなるほど誉めそやされた。私の何気ない挨拶にも心がこもっているると言い、それがひどく気に入ったようで、しかもてきぱきとした身のこなしや、言葉遣いにも感心するのか両親は私をまるで珍客のようにあつかった。私が畑仕事を手伝うと「あんたはお国の為に役立つ大切な身体だ、野良仕事などにかまうことはない」と、まるで宝物《たからもの》に傷がついては大変だと言わぬばかりであった。私が手助けしようとして母の重たい荷物を背中から奪うと、母は「あんたは見ちがえるように優しいよい子になったね……、親孝行になってからに」と、感極まって涙をこぼした。

〈親へのいたわり〉この心が村ではいちばん重宝がられたが、母をそこまで感激させることになったのも、やはり予科練での激しい訓練が賜物としてあげられよう。

私は予科練における教育とその訓練によって、すっかり自己を変えさせられていた。いわゆるおのれを捨て、人の犠牲になることをいさぎよしとした。苦難は自ら買ってでることにした。この純無垢《むく》な奉仕の精神は当然、人々の賞賛するところとなり、あたかも人の鏡であり、孝行息子の標本として周りの人たちの眼に映っていたようだ。事実親への温かいおもいやりが、私の中でことのほか激しいものとして育っていた。

短い休暇も終わろうとしていたある夜のこと（もう二度と私は郷里の土を踏めぬかも知れなかった）、母は心づくしの赤飯をこしらえ、目を細めて「こんなに親おもいの立派な息子になってくれて、お国の為に役立つかと思うと、母さんは本当に嬉しく思うよ。実家《うち》のことなど心配せんで、お国の為に、こころおきなく戦っておくれー」と言うと、我が子をいつくしむように、私のつま先から頭の先までつくづくと見やるのだった。母はよほど嬉しかったのであろう。

人々は神社などの神前に供え物をする場合、その奉納品である果物や穀物の類《たぐい》を入念に洗い清める。そしてその供え物は、ある場合には、彼らが口にすることさえ惜しんだものとか、精魂こめて選り出したただ一つの代物でなければならない筈だ。母はまるで私をこのような逸品と考えているようである。そして手塩にかけた最愛の我が子を惜しげもなく国にささげることが、なによりも満足であるらしい。それは丁度、神前に供え物をささげて悦ぶ信徒のさまに似ていた。とにかく母は満足していたのだ。しかしこの満足のなかにどことなく寂しさを隠しきれないでいる母に気がついた。私はこのけなげな母の心情を解せぬでもなかった。疲労をにじませた母の顔が見るにしのびないほど気の毒に思えた。

出達の前夜、私と母は同じ床で眠った。これはどちらからともなく実行されたごく自然な行為であった。

予科練では二週間に一度外出許可が出る。

娑婆《しゃば》の新鮮な空気を求めて終日野や山や町を歩き回る仲間もおれば、先輩や知己の家を訪ねて、つかの間の開放感に浸る者もいる。とにかく二週間に一度の娑婆の空気は、自由と歓喜に満ちていた。しかしあれほどの猛訓練や体罰から解放される唯一の機会なのに、私は嬉しくなかったといえば嘘になるが、何故かもったいないような気がした。それはあたかも大事にしまっておいた羊羹《ようかん》などの菓子を一度に食べてしまうのが惜しくてならない、そんな気持に似ていた。羊羹をまたもとへしまいたくなるような、そのような躊躇と同じく、私は正直なところ、隊内へ引き返し、ふたたび熾烈《しれつ》な訓練の恩恵に浴することを欲した。そのような気持は休暇がおとずれる度に私をさいなんだ。同胞は誇り高き制服に身を包んで、土浦の野や町を喜々として闊歩《かっぽ》してはばからなかったが、私は多くを隊門の近くでうろついてすごした。しかし休暇にも馴れはじめた頃のある日、私は郷里の父から乞われるまま、丁度隊（予科練）の近くに住んでいたある先輩の海軍軍人をたずねることにした。

彼は私の遠縁にあたる人物で、海兵（海軍兵学校）出身の若者である。彼の住まいは筑波山ろくのひなびた田舎にあった。現役の軍人でありながら、そんな田舎に閑居《かんきょ》していることが私には納得のいかないことであった。たずねて分かったことだが、彼は南方の激戦地で負傷し、療養中だったのである。空戦中に敵の機銃弾を浴びて肩を貫通されたのである。当初はかなりの重傷であったが、その後の回復経過は順調で、まもなく全快の見込みとのことであった。きたるべき戦闘に備えて、出陣の日を待ちこがれていたのだ。

私が最初にたずねたとき、彼は丁度そこへ居合せた。それは夏の暑い日であった。筑波山ろくを渡る涼風がここちよい応接間で、私はしばし待たされることになった。正午を少し回った時刻なのに、山据の木立からは、時をまちがえた蜩《ひぐらし》の涼しげな音色が伝わってきた。戦地では激戦が闘われているというのに、ここはなんと静かな別世界であろう。森閑として平和である。

やがて純白の二種軍装に威儀を正した姿が現われた。自宅に引きこもって傷を癒《いや》すかたわら、休暇を満喫しているであろう筈の彼が整然と軍装を身につけている。

しかしそれがいかにも犯し難い威厳のようにもとれ、私は、さっそく直立不動の挙手の礼を送った。私はいささか硬くなっていた。相手が海兵出の士官といえば、ただそれだけでも私の胸は熱くなるのだ。以前から私は、どんなにこのような晴れがましい勇士との対面を、心躍る気持で待ちのぞんでいたことか。——それが今まさに実現されつつあるのだ。私は歓喜で身内がぞくぞくするのを覚えた。

「やァ！　よくきた。貴様のことは話に聞いていたよ。そんなに硬くならんでくつろぎたまえ、——どうだい予科練は？」

彼はその威儀に似合わず屈託がなかった。

「はい、がんばっています」

「訓練は辛くはないのかな……」

「いえ楽しくあります」

「うん、それはなかなか結構だ。――死ぬ覚悟もできていると言うんだなァ。――自分は死にそこなったよ。しかし次の機会には是非ともよき死所《ししょ》を得るつもりだ。自分はそれを楽しみにしている。しかしこの傷がなかなか治ってくれないから恨めしい。自分ではもう治ったようだから十分御奉公もできると思ったので、なんとかしてくれといくら申請しても、軍医の奴が許さんのだ。自分としては、この腕を操縦桿にくくりつけてでも敵艦に突入するんだと、がんばったがだめだった。それにしても、この傷が恨めしい。しかし今ではもう操縦桿が握れぬというわけではないんだがなァ……」

と彼は拳《こぶし》を握って見せた。

「中尉殿！　気になさらんでもすぐ治りますよ。しかし……、御苦労なさったのですね。最前線は激烈なものでしょう？……、噂では相当の敵機をやっつけられたとか、自分たちはまだ内地で訓練に明け暮れているのみで、敵機を撃ち落とすときの醍醐味《だいごみ》とやらが、実感として迫ってきません」

「醍醐味か？……ハッハッハハ……、やっつけたときは、貴様の言う醍醐味とやらを感じるが、自分がやられてみると、一瞬怖いと思うね。背筋に冷たい恐怖が走るのをどうすることもできない。――しかし弾を食らってやられてみると案外落ちつくものだ。おれの目の前で幾人かの戦友が散って行くのを目撃したが、彼らは挙手の礼を送って、実に冷静で見事だった。しかしキリモミ状態で落下して行くのを見せられると、また怖くなる。そして次の瞬間、ちくしょうっ、という気になるね。そうすると自分は必ず敵さんの一つや二つはやっつけることになるよ。つまり戦友の敵《かたき》だと火のようになって、機銃を握る手にすごい力が湧いてくるんだ。もうそうなったら目茶苦茶にぶっ放すだけだ。『大和魂ござんなれ』とばかりにね。すると操縦席でひるんでいる敵さんの表情がはっきり分かるよ……」

「敵の顔が見えるのですか、さぞにくたらしい顔をしていたでしょう」

「敵さんの顔か？　鬼畜米英もあどけないものさ、赤ら顔で坊やのような感じだよ。しかしこの坊やが戦友を殺りくしているのだから鬼にはちがいないさ……」

彼の勇壮で、しかも興味深い実戦の話はつきない。挙手の礼をして南海に散り行く若者の姿が、何か荘厳な落日を想わせて、鮮やかに私の脳裏に映る。私は昂奮を隠すことができなくなった。

「自分も一日も早くそんな空戦をやってみたい衝動にかられます」

「うんその心意気だ。——しかし貴様は、『操縦』に決まっとるのか？……」

「はい、のぞみどおり『操縦』に決まりました」

予科練では、同じ航空畑でも偵察と操縦の二つの進路が、それぞれの適正によって決定される。多くは戦闘的な操縦をのぞむが、適性を欠くと、偵察の方に回される。私は幸いのぞみがかなったが、操縦を切望しながら、やむなく偵察に回されることがある。意の如くならなかった者は当然不満である。しかし「どちらにふりあてられようと、国家への御奉公に変わりはないことだ」という教員の説諭で、あっさり納得してしまうのだ。

「それはよかったなア、操縦の方になって、——まァ早く立派に巣立ってくれよ。今、日本は貴様たちのような若鷲《わかわし》をいちばん必要としているのだ。勿論空戦はこれからいくらでもいやというほど経験できるが、最近は一発必中の特攻隊これが花形だ。どうせ死に花を咲かせるなら一機・艦主義で、冥途《めいど》の土産に敵の空母のドマン中だ」

彼の話は屈託ないが、眼は燃えるように異様な輝きを見せている。その光った瞳の奥に闘志への力がみなぎっている。やがて彼は幾分しんみりした口調になると、

「さて……我が輩もいよいよ年貢の納めどきだ。飛びたつ日がもう近い……」

とはるか南海の空に思いをはせていた。

灼熱の太陽が照りかえす夏の一日はまだ終わっていない。しかしここは陽ざしがさえぎられ、夕暮れのようにほの暗く静かである。山ろくの森をかいくぐって吹いてくる涼風がここちよい。とき折蝉の声だけが、森閑とした木立の一角から響いてくる。この神社のような静寂のたたずまいが、死を覚悟し死を待ちのぞんだひとりの青年士官の凛凛《りり》しい姿を浮きぼりにする。純白の二種軍装の像は、なにか犯し難い威厳に満ちている。海兵出のつわものは、このように粛《しゅく》とした重みに包まれていたのだ。私は自分の想像が期待を裏切らなかったことへの悦びと、この青年士官へのやみ難い憧憬《どうけい》と共感とで、またもや胸の熱くなるのを覚えた。私の前途はこの青年士官に出会ったことで栄光の鐘を鳴らすことになった。そして覚めやらぬ昂奮の足どりで私は彼の家を辞した。

私が次の休暇で、ふたたび彼の家をおとずれたとき、彼はもうそこにいなかった。期待どおり彼は早くも前線へ出発していた。私が来意をつげると、代わって応対にでたのは彼の唯一人の妹であった。先頃私がたずねたとき、お茶を運んできたので面識はあったのだが、話をするのは初めてである。彼女は兄に似て端麗《たんれい》である。

「……そうでしたか、中尉殿はあのお体でおたちになったのですか……」

「はい、このままあなたがいらしてから四、五日後のことですわ。ほんとうにあわただしい出発で、挨拶回りもそこそこに、飛び立つように前線へ行ってしまいましたの。行く先だってはっきり言いませんのよ。――きっと特攻を志願したのだわ。あなたにはくれぐれもよろしくって、それからこれをことづかっておりますのよ」

見ると一通の白い封筒である。さっそく開封すると、

「この度待望の呼集《こしゅう》を受けた。多くを語らないが、くれぐれも身体に気をつけて訓練に励むように。一足先に征くので、靖国神社で待つことになろう」と、そのようなことが淡々と述べられていた。しかも最後に「妹を頼む、しかし貴様もやがては……」と、したためられ

ていた。私は急にこみあげるものを感じると、涙があふれるのもかまわず彼女を見た。しかし彼女は意外なくらい明るかった。コロコロと玉をころがすように笑うと、

「兄はしあわせですわ、お国の為に死ねるんですもの、私は女に生まれて損しちゃった」

彼女はいかにもがっかりしたと言わぬばかりに大げさな身ぶりをすると、

「兄はいつも言ってたんですのよ、軍人を志したときから死は覚悟の上ですって、しかも国難に身を投じてよき死所《ししょ》を得ることのできる自分は、この上もない果報者ですって。今度前線へたつときも、母が無事帰還することを祈っているといった意味のことを言いますと、かたわらでそれを聞いていた父までが兄の肩を持って、母をとっちめましたのよ。『行雄は母さんのおまえが生んだ子にはちがいないが、今ではすでに、おまえの息子であって、おまえのものではない、海兵にやったときからお国と天皇様にささげたものだ。今さら母親の身勝手は許されん、母さんも私も行雄がお国の為に命をささげることが、この上もない悦びでなくてなんであろう。わしはこのような倅《せがれ》を持って鼻が高い』と、こんな調子ですのよ。もっとも母はなにか割り切れない様子でしたが、父も兄もそれは晴ればれしたお顔でしたのよ。ことに兄ったら、『私の命日にはできるだけ多くの親類縁者を呼んで、賑やかに祝って

やってください』ですって、兄ってほんとうに果報者なのかも知れないわ」

彼女は、それが癖のおどけたような大げさな表情をつくると、どことなく未だ少女の面影を宿した顔をほころばして、コロコロっと笑った。そして、「でもね、私たち二人きりの兄妹でしょう、兄がいなくなると、ほんとに寂しくなりますわ。兄が言ったんです。寂しくなったら筑波山から思いきりおれの名を呼べですって……。必ず返事してやるからって。ふふ……。おかしいでしょう。それに兄は戦死しても私の胸の中に生き続けて、私をずっと見守っていてくれるんですって……」と、言った。

「いいことをおっしゃいましたね中尉殿は、きっと呼んだら応えてくださいますよ」

「あなたもおばかさんだわ、そんなことをおっしゃって……、兄はほんとうに返事をするのかしら、試みにこれから山に登って叫んでみませんこと。あなたもついていらっしゃるわね」

彼女は私に花のような微笑を向ける。彼女の唐突な誘いに私はとまどった。相手がたとえ尊敬する海軍士官の妹であろうと、このさも異性を匂わせた彼女の態度は、私には相応しくなく、無縁なものに思えた。つまりこれまで私の設計図になかったものが、突然現われて眼前に立ちふさがった感じだ。国家への忠誠のほか、家族や故郷といった想念しか持ち合せていなかった私にとって、異性のことなど考えている余裕はなかった。それがこのようにまぶしく目の前に突きつけられてみると、私は自分の人生が、あるまちがったもののなかへ引きこまれるような恐れを抱いた。

「ねえ、是非山の上まで御一緒してくださるわね。これは兄の命令だことよ」

などと強引な誘いの手にでられると、その恐れは決定的なものとなるのだ。それにしても彼女との忽然の出会い。なにかこの場に安っぽい映画か芝居の場面が設定されているのではないかと、ふと私は疑いたくなった。

私は意に沿わぬながらも、彼女と筑波山の原野を歩く破目になった。終始拒否の姿勢で押し黙っている私のかたわらで、彼女は少しもこだわるふうではなく、あたかも私を操縦するかのように私をリードしながら、あのコロコロっと玉をころがすような笑い声をはずませた。

「あなたも特攻隊になって、ほんとに靖国神社へ行っておしまいになるの?……、兄もそうなのね」

と言った彼女は、ここでちょっと悲しげに思案顔をつくるが、次の瞬間、道ばたに咲く野の花を見つけると、

「まァ、可愛い花だこと、あの花採《と》ってくださらない！」

といったふうで、なんら屈託がない。彼女は摘みあげた花を私の胸にさすと、「これが楼の花でしたら、もっとお似合いなのにね」などと言ってたわむれている。私は花の匂いと共に彼女の甘い髪の匂いを敏感にかぎとり、拒否の心をいっそう硬くした。また花を胸にさされるとき、反射的にその手を制しようとした私の手が、一瞬彼女の手に触れてしまい、私はその場を逃げだしたい衝動にかられた。いたたまれない羞恥が軍服に包まれた身体を汗でびっしょりにする。

やがて私たちは山の中腹まで達した。土浦の町がのぞまれ、その群なす民家が小さく見える。予科練の兵舎の屋根が遠くに小さく光っている。休暇中なので練習機の機影は見えない。

「中尉殿を呼んでみますか……」と、私が言うと、「今日は、兄の代わりにあなたがおいでになるから、ちっとも寂しくなんかありませんのよ、だから今日はその必要ないわ」と、彼

女は言ったが、なにかひどく楽しげにさえ見える。それでも彼女は澄んだ声をあげてなにか叫んだ。それは「ヤッホー」というふうに軽快にはずんだ声のようにも取れ、そこには一抹の悲しさも感じられなかった。彼女は海軍士官を兄に持ったということだけで十分しあわせなのかも知れない。兄の戦死によって、やがて襲うであろう兄への思慕や寂しさなど、一度ももってみたことがないのであろう。そんな気がするほど彼女は屈託なく明るかった。私は安心した。

しかし彼女の明るさとは対照的に、私は、かつて見せつけられたある兄妹の悲劇的な場面とでもいうべきものを思いださずにはおれない。それは私が予科練に入隊して、以来初めての休暇に、誇らしい気持で故郷の土を踏んだときのことである。村人、友人、先輩と、皆等しく私の栄誉をたたえてくれたなかで、ただひとり私を敵意に満ちた憎悪の目で見ている少女に出会った。少女の住まいは川のほとりにあった。のどかな陽ざしの川土手をのんびり歩いていた私は、ふと射るような視線を感じ思わず立ち止まった。その瞬間私はたじろいでしまった。それほど彼女の視線には憎しみの色が根ざしていた。少女には、あの結核に冒された兄がいたのだ。親友に妹がいたということを私は知っていた。そしてすでに顔見知りであったから、突然仇敵を見るような憎悪のまなざしを向けられようとは思いもかけなかった。その後親友の結核は一段と悪化し、ついに喀血したという噂を聞いていた。少女の目にやどる孤独なけわしい光は、喀血の赤い血に染まって挫折感にゆがんでいる兄の現実の投影だったのだ。しかもこのように絶望的な兄を心からいたわろうとする者といったら、もはや少女よりほかにいなかったのだ。兄の悲痛を妹である少女はいちばん知っていたであろう。そこへ全身誇りに包まれた格好の私が現われると、少女のおもいは、勢い敵意に満ちたものとなり、温厚な兄に代わって激しく私を嫉妬したのであろう。

「あなたにも友情がおありなら、家には近づかないでください。兄があまりにも可哀相です」

少女はこんなような意味のことを方言で私に言ったが、私は背すじを逆なでされた気分で、なぐさめの声もでなかった。

このような異常な場面との出会いということになると、まったく予期していないときの方が多い。次の挿話もそのひとつである。それは私がすでに前線基地で、特攻隊員として熱い闘志をみなぎらし、出撃の搭乗割を持ちのぞんでいた頃のことであった。

当時女学生たちが特攻隊員の世話をする為、自らその動労奉仕の名のもとにつどい、基地の殺伐さをいやしていた。広々とした基地は、一見のどかではあったが、勇壮の気が満ちていた。それは連日出撃機があとを絶たなかったからであるが、それにも増して女学生たちの思いつめた熱気が、基地の空気を悲壮なものにしていた。彼女らは、自分の指を切って血染めの鉢巻を隊員に贈ることを、なによりの悦びとしていた。そして出撃機を見送る度に感動が彼女たちの純真な胸をいっぱいにし、感激の熱い涙が絶えまなく彼女たちの頬を伝い、その場はドラマのクライマックスシーンを思わせた。そして彼女たちは勇敢で悲壮な特攻隊員への期待を抱くことで、いわば特攻隊員の心を共有していたと言える。そんな彼女たちのひとりが、私と一緒に出撃することになった予備学生と、激しい恋におち入ったことがあった。それは恋と言えるほど、なまめいたものではなかった。もっとなにか激しくも儚《はかな》い、戦場における男女のつながりといったもので、彼と彼女は、急速に親しくなった。急速に親しくなったのは、なにも彼らに限ったことではなかった。すべての隊員と女学生たちは、なにか共通の意志で塗りこめられていたと言ってよかった。

しかし彼女らのひとりは、その予備学生に対して遂に殉教的とも言える行為を示そうとした。つまりそれは、どうせ出撃と共に散華してしまう身であれば、その忘れ形見として、自分の身体に予備学生の子供を宿したいと、彼女は誰はばかることなく真剣に訴えたのである。そのことがどんな意味を持っているのか、私には分からなかった。そして予備学生も、その真意を計りかねていた。彼女は、ありきたりの恋情に溺れて、この唐突な提案を思いついたのではなかったのであろう。彼女にできることといったら、血染めの鉢巻を贈ることであり、ほかにしてあげられることといったら、そのように相手の子供を孕《はら》むことでしかなかったのだ、と、私には思われた。また彼女はそうすることによって、特攻隊員との絶望的な別離を埋めたかったのであろう。更に彼女はそうすることで特攻隊参加へのやみ難い共鳴を、形あるものにしたかったのだと思われる。

後日彼女は、この思いあまった行為に対して、「出撃されるあの人を見ていると、気の毒でしかたがなかった。せめて私にしてあげられる精いっぱいのことといったら……」と述懐した。

その後、戦争は日増しに苛烈になっていった。私たちにも安易に休暇が許されなくなり、連日搭乗訓練に励んでいた。とは言っても機材不足は深刻で、めったに飛行機には乗れなかった。しかし運よく飛ぶことができると、たまたま筑波山の上空にさしかかるや、私はあの澄んだ声をあげた中尉の妹のことが頭に浮かび、ひょっとすると、あの原野に兄への思慕をこめてたたずんでいるのではないかと、注意をおこたらなかった。一度、木の間隠れに彼女とおぼしき姿を見かけたこともあったが、それが彼女であったのかどうかは定かでなかった。ただ兄への思慕をこめたあの澄んだ声が、ふと聞こえたようでもあり、そんなわけがないのだと思ったりもした。しかもその声は、あのはずんだ声ではなく、なにか悲しげに響いてくるように思われたのは何故であったろう。

——とにかく私は、彼女に二度と逢うことはなかった。

そして私は、いよいよ沖縄攻防戦のただ中へ投入されることになり、海軍特攻作戦の前線基地〈鹿屋飛行場〉へと巣立つ日を迎えたのである。

基地へ入隊するにあたって、私の心は躍った。あたかも小鳥が自分の古巣を離れて、大空へ向かって、最初に羽ばたいたときの、あの内面のふるえ。かすかな不安と、ときめき、そして更にある確証のもと、一羽根《ひとはね》羽ばたくごとにふくらんで行く自信。そんな感じであった。

搭乗訓練で、初めて単独飛行を許されたときも感激したが、前線基地へ編入され、本格的な戦争の舞台が踏めるということで、私はまた新たな感激に浸った。

鹿屋基地は、鹿児島県の大隅半島の中原《ちゅうげん》にあり、南国特有の明るい陽ざしのもとに静まっていた。基地の飛行場には、零戦や彗星《すいせい》艦爆機が翼を休ませている。そのにぶい光彩を放つ機体は、なにか生き生きとした意志をたたえている。この果敢な鷹の静止は、無気味でさえあった。今にも砂塵《さじん》を巻きあげ、うなりをあげて滑走するかに見えた。これとは対照的に、日の丸の腕章をつけた先輩特攻隊員たちが、あちこちで三三五五談笑する光景は、一見のどかでさえあった。気負いの感情で熱くなった私とはうらはらに、彼ら先輩隊員たちは落ち着きはらったもので、平静そのものに見えた。

搭乗員宿舎にあてられたバラックの建物は荒れるにまかせ、空襲を受けたときの機銃弾のあとが生々しく、ただそれだけが戦場らしい面影を露呈している。

そしてその一角に枝を広げた桜の樹からは、南国の早い春によって盛りを過ぎた桜が花びらを散らしていた。

そして一体にのどかな雰囲気であった。沖縄では死闘がくり広げられているというのに、この平和なたたずまいはなんとしたことだろう……。と最初は奇異に思われるほどであったが、この速断はあたっていなかった。しかし空襲がないときと、出撃がないときは、飛行場はのどかな春をたたえて穏やかである。ところがひとたび出撃ともなれば、鹿屋の町からは国防婦人会の主婦たちや、動員中の女学生たちが群がり、たちまち基地全体が、湧きあがる歓送の嵐と化すのだ。

隊員たちと肉親との甘ずっぱい別離。軍歌の唱和。この激情的なシーンは、なにかうまく仕組まれた芝居の泣きどころを連想させ、世にも悲壮なできごととして、あらゆる日常的なものとの関わりあいを忘れさせた。まるで、背景音楽の効果も顕著《けんちょ》な劇のただ中に私たちはいた。

そして私はこの音楽的な高まりと、濃密さで塗りこめられた素晴らしい場面を、長い間待ちのぞんでいたような、ふとそんな気がした。しかし、このようにして勇躍壮途についた特攻隊員たちのなかには、出撃機のエンジン不調や、不慮の事故の為、やむなく引き返してくることがあった。――この頃はすでに資材不足や粗製乱造の為に、性能のよい飛行機は皆無に近かった。

こうして特攻を中途で断念するものが続出した。

隊員たちは、それが華々しい壮途についた直後だけに、その苦しみは言語に絶した。本来志願による筈の特攻出撃が、いつのまにか半ば義務化される傾向のなかで、まれには故意に引き返したとしか思われない海軍予備学生などもいたが、ほとんどの隊員はそうではなかった。

自分の誉れある壮途を挫《くじ》かれたことで、彼ら「引き返し組」は、きまって絶望的な懊悩《おうのう》の底に沈んだ。そしてその苦境を脱する為、彼らは次の出撃の機会をひたすら待ち続けた。再度出撃の機会にめぐまれると、我れ先に競って搭乗しようとした。後日私自身もこのような経験を二度も味わうことになった。しかしこれほどまでに私たちを駆りたててやまないものとは、一体何なんだろう？　めったなことで自分を顧みたり懐疑したりすることを拒否していた私は、こんなに自分を熱くしているものの正体を、かいまのぞきたくなった。その糸口になったのは、ひとりの海軍予備学生の意見であった。

彼は自分の特攻戦死を無理に正当化しようとさえしているようであった。ある著名な大学の出身である彼は、それに相応しく、彼なりの死生観を持っていたようだ。

「自分は、天皇や国家の為という大義名分では死ぬ気になれない。どうしても一命を捨てなければならないのなら、まもなく敵に蹂躙《じゅうりん》されるかも知れない、愛する家族や同胞を守る為に死ぬのだ」

彼の言い分は、一応理解できたが、天皇や国家の為に死ぬことが、何故躊躇されなければならないのだろう。天皇や国家の為に死ぬことを至上の悦びと考え、それを誰ひとりとしてけげんに思う者はなかったから、この予備学生の理念は、私の考えとは次元を異にしていた。

しかし私は、この予備学生の異質なものの考えかたに、少量の好奇心を抱いた。そして一体どこに疑問をさしはさむ余地があるのだろうかと考えた。しかし〈日本国は、神州不滅であり、よその国とは異なる。天皇陛下は世界にただひとりの現人神《あらひとがみ》であらせられる〉と、いくら別の方向に考えようとしても、私の思想は、そこで停止してしまったかのように、一歩も外へはでなかった。日頃私の内面で温められ形成された、もはや動かすことのできなくなった思念が頭をもたげるだけで、私の懐疑心は喪失《そうしつ》し、むしろそれとは逆に、天皇や国家に対する献身と忠誠にいよいよ拍車がかけられた。私はこれを自ら実証する機会に幾度かめぐり会った。それは空を飛ぶときであった。

機上からはるか見下す神州の景観は、文字どおり神秘的な光芒《こうぼう》を放っていた。緑の列島をふちどる白波の輝き。その海岸線の描く優美な曲線。これらがめくるめく太陽の掃射のもとに、異様な美しさで静まっている。この光景は神聖この上もないという日本列島のイメージを高めるのに役だち、同時に〈神州不滅〉という言葉の持つ意味を、いっそう荘厳なものとして定着せしめた。更に私は想像をたくましくした。——桜咲く清い日本国を！——未だかつて外敵に蹂躙されたことのない処女雪のように純粋な我が祖国を！　そして神々の深淵《しんえん》に沈んでいる万世一系の天皇を！　これらをたえがたい敵の汚辱や土足から守る為、私は身を挺《てい》して、肉弾となって散華するのだ。私はそれらに対して生命《いのち》を賭けることに十分な価値がありそうに思えた。更にその理由はほかにもあった。わけても敵機の果敢《かかん》な本土への空襲に対しては憎悪のたぎりがあった。

天空高く、白い機影をきらめかして遊泳しているB29への絶望的な怒り――今それを撃退するには、日本はあまりにも、飛行機や搭乗員が不足していて無力であった――このほとんど無防備にちかい本土に対して、敵機の乱舞は非道をきわめた。主要都市を容赦なく焼きつくし、逃げまどう婦女子に無差別爆撃をくり返した。

都市や軍需工場のいたるところで、引き裂かれ血ぬられた人たちの悲鳴をまのあたりにした。私はふと思った。このB29や機銃弾を撃ちこむ敵の艦載機は、今は単に上空を侵犯し、空からの暴威をふるっているにすぎないが、これが歩兵や戦車に代わって国土を踏み荒らすときのことを考えると、私はますますいたたまれなかった。逃げまどう女たちを襲う野獣のような敵の兵士、そしてそれによって傷つけられ踏みにじられるであろう、死よりも辛い屈辱。このいまわしい想念《おもい》は、現実感を持ったものとして迫り、私に少なからぬ衝撃を与えた。しかしそのうちに、どこからともなく湧きおこった〈一億玉砕〉という壮絶な言葉の重みが、私を絶望から救ってくれた。というのは、この言葉を受け入れることによって、死よりもつらいもろもろの屈辱から解放されると思ったのだ。

次に私は、この種の屈辱に値するもうひとつの異様な経験を持っていた。つまり敵の艦載機が同胞を殺戮《さつりく》した話である。

その日は筑波山ろくから吹き下ろす寒風も治まって、冬には珍しい好天であった。そして春のような陽ざしが練兵場に降りそそいでいる穏やかな午後のこと、――敵の艦載機が無防備の練習生（予科練習生）を不意打ちしたのである。あたかも青天のヘキレキであった。敵機はどこからともなく飛来し、その機体が無気味にきらめいたかとみるや、突如、鷹のように舞い降りてきた。そして地面をたたくにぶい音と共に砂塵があがり、練習生の幾人かが、虫けらのようにけちらされ、倒れた。茫然自失している私の目のまえで、敵機は遠ざかったかと思えば、ふたたび飛来し、執拗《しつよう》なまでの追撃をくり返した。無防備の練習生たちに向けられた狙い撃ちの暴挙――。このとき私は、激しく体をふるわせていた。恐怖からではなかった。怒りであり憎しみからであった。敵愾心《てきがいしん》という言葉の持つ意味を、これほど痛切に感じたことはなかった。

敵愾心と言えば私はこれをはぐくむものについて、二、三列挙したが、これを要約して今一度反復することにしよう。

〈美しい国土と、神聖なる天皇。それらを侵食しようとする敵。暗夜にまぎれて焼夷弾《しょういだん》の

雨を降らせる卑劣な敵。そして愛すべき同胞たちを無惨に引き裂く敵〉

これらの混濁《こんだく》する想念が胸を圧し、敵愾心への深い自覚を喚起《かんき》する。私は特攻隊員として機上の人となったときから、比類なき使命を帯びた人間として、恍惚となっていた。つまりこの大任を負って敢然と立ち向かう心の熱さを思って、幸福にふるえていたのだ。目のまえには早くも敵の大型空母の映像が大うつしになっていた。

もはや機の速度までがひどくのろいように思われた。このときである。ブスッ、ブスッ、とエンジンの不調音がして怪しくなった。機は失速し、ついに私は引き返さなくてはならなくなった。意志に逆らって、あえなく引き返してしまった私は、言葉《もの》も言いたくないほどの失意に打ちひしがれていた。穴だらけの搭乗員宿舎にもどると、毛布を頭から被って、しのび泣きに泣いた。

そして食欲までがなくなるほど私を自閉的にした。

連日コマネズミの甲斐甲斐しさで、夜を徹して整備にあたっている整備兵のひとりは、土下座せんばかりにして、私に謝った。彼ら整備兵は、特攻隊員の、いわば手足のようなものであった。つまり隊員たちが敵地に難なく進入できるかどうかは、ひとえに機の整備如何にかかっていた。彼らは隊員と同じように真剣であり、とりわけ機の整備には神経を使い、全力を傾けた。あらゆる部品をくまなく点検し、機の上へ下へと這いずり回り、油で汚れた頬は過労でこけていたが、どんな苦労もいとわなかった。しかも彼らは出撃の度に「自分たちの分まではたらいてください」と出撃機に追いすがるように、必死の祈願をこめた。なかには「自分も一緒につれて行かれるものならつれて行ってください」と、哀願する者さえいた。

前述したように凄《すさま》じい歓送の直後で、引き返す破目になることは、恥辱に等しかった。

「おい、そんなにくさるなよ、次の出番ということがあるさ、貴様の為に少しは敵艦を残しておいてやろう。あまり自分たちばかりで沈めてしまっては、後に残った者が気の毒だからなァ……」

と、慰めてくれたのは、同期のYであった。

丁度その日に出撃することになっていた彼は、出撃を目前にひかえ私にはなむけの言葉をたむけたのだ。私は泣き笑いの表情を浮かべながら彼を見送った。その彼も私に先だって散ってしまった。

Yとは、郷里も異っていたが、私とは気が合った仲であった。あれはいつのことだったろう……、私に最初の出撃命令がくだった日のこと。それは出撃を翌朝にひかえ、いくらか感傷的になっていた晩のことであった。いや感傷的にしたのは、きっと〈同期の桜〉の歌声がしていた所為かも知れない。星のきれいな夜であった。空を見上げると、満天の星くずが、深いまたたきのもとに静まっていた。どこからともなく花々の匂いが漂っていて、その芳香が夜気を浸している。

Yと私はあてどもなく夜道を歩いた。長い道のりの果てに、私たちは兵舎を遠く隔てた村里にさしかかっていた。確かそこは、田んぼの畦道のようであった。村を迂回《うかい》して流れるせせらぎの音が、そこはかとなく伝わってきた。耳を澄ますと、出撃の前夜に趣を添える為であろう、遠くで動員女学生たちの唱和する軍歌の抒情的な響きが聞かれた。女学生たちは焚火を囲んでいたのだ。その姿が夜の果てに遠くほの見えていた。

春の夜の優しいひとときが、私を捕えていた激しいものからしばし解き放ってくれた。

「いよいよ明日は、貴様も出撃だなァ……」

とYは情感をこめて言った。

「…………」

私は黙って星を見つめた。何か深い感慨がひたひたと胸に迫る。夜の闇はいっそう深い。その深い闇のなかにせせらぎの音だけが、たのしい夜の余韻のように聞かれる。

〈明日は楽しい遠足のようだ〉

と私は春の夜をもてあまして、嬉しいような、やるせないような、ふとそんな気になっていた。

豊満な闇が世界の果てまで続いているように思われるこの静かな夜の底から、突然潮《うしお》のように湧き起こるものを感じた。それは郷愁の響きをたたえた両親の顔であり、ひなたくさい村人の顔であり、渦巻く旗の波であった。これらが一挙に私へほほえみかけてきた。そして闇のなかに浮き上がったこれらの映像は、まるで明るい陽ざしのような新鮮さで迫った。私はあらん限りの親しみと愛情をこめて、これに応えた。温かい涙が知らず知らず頬を伝い、とどまることを知らなかった。ひとしきり涙の洗浄に身をまかせていると、――洗われた心が実にすがすがしい。心はまさに透明である。すると〈明日はいよいよ出撃だ〉そんな新たな自覚さえ湧く。生命《いのち》の悦びに浸るということは、こんなおもいを指すのだろうか。

夜気までがしっとりと感じられる。そして生の一刻一刻がなんと重みのあるものだろうか、夜空にまたたく星も、夜道の草露も、闇夜を満たす花々の芳香も、これらすべての夜の精が、身にしみて有難く感じられるばかりではない、蘇《よみがえ》ったように生き生きと受けとられる。

私はこれら自然の心をこれまで無視していたような、それにまったく気がついてさえいなかったような、新たなものの発見に驚ろかされた。生命の実感をこれほどまでに深く味わったことはない。ある新たな生命の世界がそこに開かれるのを見たと言ってよかった。放棄される生命をまえにして、生命の素晴らしさをこれほど身にしみて自覚したことはなかった。やがて明日は終わるであろう生命が、全的な応答をしているとしかいいようがなかった。私には日頃聞こえなかった自然の音楽や、その優しさが分かるようで、それは事実、耳にも聞こえ、体にも触れてきた。

人々は特攻隊員を称して、神とあがめていたが、それはひとえにこのような心境に到達できたことへの賞賛ではないか、と、私は思ったほどだ。

勿論神であり生ける軍神とたたえられるわけは、〈大君の御楯《みたて》として〉あるいは〈国難に殉ずるけだかい心根《こころね》〉等を評してのことであろうが、この賛美は、私にはまぶしかった。ましてや二度に亘って出撃につまずいた私は、苦痛でさえあった。まるで彼らが私たちに示す敬虔《けいけん》さを裏切りでもしたかのように。かくして私は、初回における出撃の前夜に、あれほど幸福であったのにもかかわらず、それが無惨に砕かれていた。

そのうちに沖縄は敵の手中におちいり、月日はどんどんたった。そして出撃の機会はなかなかめぐってこない。勿論その間、敵機動部隊の北上や、その動静を探ることに落ち度はないように思われたが……

そこに息をひそめて、冷淡に静まっている飛行場をまえにして、私の内面では焦躁感だけがつのった。

そして静止したがらんどうの飛行場にも、やがて盛夏がめぐってきた。もやは出撃の機会は永久に失われるのではないかと危ぶまれた頃、忽然、広島や長崎に新型（原子）爆弾が投下されたのである。その爆弾の異様なきらめきのように、私の内部にも不安の閃光《せんこう》が走った。そしてそれは現実となった。八月の陽ざしが照りつける暑い盛りの正午、ついにあの天皇の重大放送が電波に乗ったのである。

「タエガタキヲタエ、シノビガタキヲシノビ……」

放送は終わり、日本が降伏したらしいことが分かった。一瞬飛行場の空気は凍結し、めくるめく真夏の太陽だけが、知らぬ気に、そこへ茫然自失している私たちの頭上にあった。そしてその暑い陽ざしがきわだって恨めしく思えた。長い重たい時間が流れるなかで、隊員の誰かが沈黙を破って叫んだ。

「全機特攻をかけようではないか！」

それに和した隊員たちは、皆いっせいに騒然となり、司令を目ざして群がった。そして、

「是非、出撃の命令をお願いします」と、口々に懇願《こんがん》した。

「……事情がはっきり分からない。勿論敵の動静もはっきりしていない。しかし陛下のお言葉があったのだ。軽挙妄動《けいきょもうどう》は厳しく慎んでもらいたい」

という司令の言葉に、隊員たちはがっくりと力を落とし、やがて絶望的な苦悶がすべての隊員を襲った。

日本刀を抜き放って、やり場のない気持をぶつける者。

愛機のコンパスをとりはずし（今まで生命の次に大切であった）、そのなかに入ってるア

ルコールを抜き取って、したたか浴びるように飲む者。

飛行場の土を摑んで泣きじゃくる者。

茫然自失している者。

荒れ果てたとはいえ、これまで光輝な誉れをたたえて静まっていた飛行場は、たちまち無惨な変貌をとげていた。そして夕闇の迫るなかで、隊員たちの屈辱に歪《ゆが》んだほこりだらけの顔が、飛行場のそこかしこに見られた。勿論私も、彼らと同様に無念なおもいであったが、私のなかにはそのとき、すでにある決意がなされていた。

〈日本が戦争に負ける？　そのようなことは考えようとしても考えられないことだ。なにかが狂ったとしか言いようがない〉

このような不敗への信念は、これまで私を形成したすべての思想と共に、体中深く骨の髄まで浸透しているもので、これを変えることはできない。もしこれを剝奪《はくだつ》する為には、この肉体を砕いてしまうほかはあるまい。それほど身体にしみついたものだった。だから私は〈日本が敗れた〉と、いう悪夢を信じない為にも、そして自分を形成し肥ってきた思想を後生大事にする為にも、私は〈殉教者〉のように忠実な死を選ばなければならない。私はあくまで自分が信じたものに殉ずるほかはないのだと思った。

夜が白み、ふたたび太陽が白々《しらじら》と飛行場にふりそそぎはじめた頃、私は猛然と屈辱の兵舎を抜けだした。そしてそこに待機していた愛機に駈け寄ると、やがて滑走し、息もきらさず天空へ舞いあがった。機はこのときに限って失速もなく、調子よかった。ぐんぐんと碧《あお》い空のかなたへ吸いこまれて行く。地上であわてふためいた司令と、参謀たちのとまどった表情が手にとるようだ。きっと彼らは、「ばか者めが、はやりおって、一体どういう気だ？　命令違反だ。追撃して落とすほかはない……」

と、言ったかどうか、私には分からない。彼らが後方で私の暴挙を怒って、追撃の為に戦闘機を発進させたかどうか、そのような気もしたが、それはさだかでない。ただすべてのものが後方へ後方へと、遠ざかって行く、もはや〈天皇〉も〈国家〉も〈故郷〉も〈両親〉も意中にない。やたらと碧《あお》い空があるだけだ。

いつのまにか鹿児島湾を通過すると、太平洋の海原が開けてきた。海は限りなく碧かった。はるか後方に突きだした日本列島の鮮やかな映像が、その白い海岸線と共に一条の光のように輝いている。ややあって私は、

「万歳！」

誰に対してともなく、そのように叫んだような気がする。そして猛然と急降下に移っていた。上体が機体もろとも海に向かって、垂直に突きささる。かっと開いた目に海面がぐんぐん迫ってくる。――その光の海のただ中に、思いきり突っこんだ。そして太陽のような輝きが頭の中いっぱいに広がって終わった。

私は死んではいなかった。死を自から求めようとする者に、その死は容易におとずれようとはしないというが、それはほんとうだった。海面にたたきつけられるのと同時に、私は機から投げだされていたのであろう、気絶したまま、やがて附近を航行していた船に救出され、息を吹きかえした。そして私を待ち受けていたものは、その後、死よりも辛い生を生き続けることであった。

〈初出一覧〉

家族	『明大文藝』	12号	一九五七年
野辺送りは晴れた日に	『独　歩』	第4号	一九八三年
島の秋	『明大文藝』	10号	一九五六年
ベレー帽	『明大文藝』	7号	一九五四年
春日	『明大文藝』	13号	一九五七年
日の丸は輝いていた	『独　歩』	第2号	一九八一年
太陽へ散華	『独　歩』	第2号	一九八一年

〈著者プロフィール〉

麻生　義剛（あそう　よしたか）

1934年、佐賀県唐津市生まれ。明治大学文学部卒業後、東京で就職。

３年後に帰郷、福岡で衣類販売業を営むようになる。大学時代から文芸雑誌づくりのメンバーとして活動していた文学愛好家。

当時の文学へ対する情熱が捨てきれず、同人誌の創刊を思い立ち、数年後地元で一人だけの同人雑誌『独歩』を創刊。４号まで発行。

その中の一部、夏目漱石の代表作『吾輩は猫である』をもじった『贋作吾輩は猫である』を48歳の時に出版し話題となる。

その後も仕事の傍ら、地道な創作活動を行なう。

家族《かぞく》

初版　2021年1月31日発行

著　者　麻生義剛

発行者　田村志朗

発行所　㈱梓書院
〒812-0044 福岡市博多区千代3-2-1
tel 092-643-7075　fax 092-643-7095

印刷・製本／大同印刷㈱

ISBN978-4-87035-709-9